DREAMBOOKS★

정령사
헌터
성공기

양인산 현대판타지 장편소설

MODERN FANTASY STORY & ADVENTURE

dream
books
드림북스

정령사 헌터 성공기 9

초판 1쇄 인쇄 2016년 3월 24일
초판 1쇄 발행 2016년 4월 4일

지은이 양인산
발행인 오영배
책임편집 편집부
표지·본문 디자인 권지연
일러스트 신상원
제작 조하늬

펴낸곳 (주)삼양출판사 · 드림북스
주소 서울시 강북구 도봉로 173
대표 전화 02-980-2112 **팩스** 02-983-0660
출판등록 1999년 3월 11일 제9-00046호

© 양인산, 2016

ISBN 979-11-313-0493-8 (04810) / 979-11-313-0339-9 (세트)

드림북스는 (주)삼양출판사의 판타지 · 무협 문학 브랜드입니다.

정령사 헌터 성공기
9
양인산 현대판타지 장편소설
MODERN FANTASY STORY & ADVENTURE
dream
books
드림북스

헌터 정령사
성공기

목차

Chapter 01

발악

A급 몬스터들은 각자 제 구역에서 활동한다. 남의 영역에 들어오는 것은 거의 드물다.

자신의 영역이 있는데 구태여 남의 영역에 들어가 피해를 보려는 녀석은 거의 없었다. 남의 구역에 가는 경우는 딱 하나, 자신의 영역을 잃었거나 짝짓기를 위해 가는 경우다.

오우거는 그런 것에 민감한 종족이다. 특히 짝짓기에 관해서는 다른 몬스터들에 비해 발정을 심하게 한다.

대형 몬스터들은 성장이 다른 몬스터들보다 느리고, 번식력 또한 뛰어나지 않다. 그 때문에 개체 수가 많이 없는 편이다. 몬스터들의 짝짓기를 하는 계절은 따로 있다.

그리고 지금이 바로 몬스터들이 활발하게 짝짓기를 하고 있을 시기. 오우거도 마찬가지였다.

"우워어어어!"

녀석의 울부짖음에 오금이 저리는 것을 느끼며 몸이 덜덜 떨렸다. 오우거라면 한 번 본 적이 있었다.

설악산 준동 때 딱 한 번. 일반 오우거와 그 돌연변이 보스인 트윈 헤드 오우거다.

'미, 미친. 하필 만나도 왜 저런 녀석을 만나!'

애초에 광교산에는 오우거가 존재하지 않았다. 더 깊이 들어가면 A급 몬스터가 있다는 말은 들었다.

그러나 그 A급 몬스터는 절대 오우거가 아니었다. 그런데 이게 어찌 된 일이란 말인가. 다른 몬스터도 아니고 오우거라니!

몇 미터 되지 않는 거리에서 오우거의 번들거리는 눈빛을 보자니 맞서 싸울 생각보다 생존에 대한 욕구가 더욱 강렬해졌다.

"천천히, 절대 등을 보이지 말고 뒤로 이동하면서 도망쳐."

가장 먼저 정신을 차린 것은 류진아였다.

그녀는 상황이 절대 유리하지 않다는 걸 파악하고 그들

에게 지시했다.

그녀의 말에 다들 정신을 차릴 수 있었다.

다들 그녀의 지시대로 등을 보이지 않은 채 천천히 뒷걸음질을 했다. 운이 좋으면 녀석이 순순히 물러갈 수도 있었다. 하지만 운은 그들의 편이 아니었다.

"저 녀석이 다가오고 있잖아!"

소리를 죽인 채 외치는 김재하. 한 발자국 물러나면 녀석은 한 발자국 앞으로 다가왔다. 류진아의 머리는 그럴수록 더욱 복잡해졌다.

어떻게 이 상황을 빠져나갈 수 있을까. 열심히 머리를 굴려도 딱히 좋은 방도가 떠오르지 않았다.

'이 전력으로 녀석에게 대항할 수 없어!'

오우거는 결코 만만한 녀석이 아니다. 마스터 헌터 혼자라도 간신히 잡는다고 알려진 몬스터가 바로 오우거였다.

녀석의 부상이 심각한 상태라면 모를까, 멀쩡한 상태의 오우거를 상급 헌터 네 명이 잡을 수 있는 확률은 거의 없었다.

천천히 뒷걸음을 쳐도 소용이 없다. 녀석의 보폭은 인간과 확연히 차이가 났다. 녀석이 물러나지 않으면 선택할 수 있는 것은 단 한 가지밖에 없었다.

"도망쳐!"

그녀의 외침에 다들 뿔뿔이 흩어지며 죽음의 도주를 시작했다.

*   *   *

B급 몬스터와 A급 몬스터의 개체 수를 줄이기 위해 일을 나선 현주. 그녀는 몬스터 출몰 지역에 오기 무섭게 많은 헌터들이 대거 나오고 있는 것을 볼 수 있었다.

"무슨 일이라도 생긴 모양이죠?"

늦은 저녁도 아니고, 헌터들이 대거 빠져나오는 것이 수상쩍다고 여긴 그녀가 차에서 내리며 입구에 섰다.

"출입을 자제해 주시기 바랍니다."

군경이 그녀의 앞을 막았다. 급히 만든 검문소가 주위에 보였다. 그러고 보니 주차장에는 군 차량도 다수 있었다.

현주는 군경들에게 물었다.

"무슨 일이 생긴 건데 출입을 막는 거죠?"

"B급 몬스터 출몰 지역에 오우거가 출몰했습니다."

"오우거가 나타났다고요?"

현주는 의아한 눈빛을 거두지 못했다. 오우거는 자신의 영역에서 거의 빠져나오는 경우가 없었다.

B급 몬스터야, 오우거의 먹이겠지만, 자신의 구역 내에

서만 먹이를 찾는 것이 녀석의 습성이다. B급 몬스터 영역까지 내려왔다는 것은 자신의 영역을 빼앗겼거나 먹이가 부족해서 내려왔을 확률이 컸다.

"먹이가 부족해서인가요?"

"예. 그 때문에 벗어났을 확률이 큽니다. 목격자들의 얘기로는 상처 하나 입지 않았다고 합니다."

현주는 고개를 끄덕이더니 어찌할까 고민했다.

'일단 A급 몬스터가 먹이가 없어서 B급 몬스터 영역에 갔다는 건 그만큼 먹이가 줄어들었거나 포식자가 늘어난 경우겠지?'

그렇다면 B급 몬스터 출몰 지역에 자주 출몰할 것이다. 상급 헌터들이 오우거를 잡기 위해 작정하고 여럿이 오지 않는 이상 반드시 소탕할 필요성이 있다. 그렇게 고민하고 있는데, 검문소 쪽에서 헌터 세 명이 내려오고 있었다.

군경이 재빨리 그들에게 다가가 헌터증을 확인하고 검문소 밖으로 내보냈다. 현주는 그들과 눈이 마주쳤다.

"장영철 아저씨……?"

"……꼬맹이냐?"

장영철뿐만 아니라 류진아와 김재하도 현주를 보고 의아하다는 듯 그녀를 바라보고 있었다.

그녀와 다시 재회한 것은 거의 20년 만이다. 생존의 시대가 끝나고, 헌터의 시대로 접어들었을 때부터 만나지 못했으니 그만큼 오랜 시간이 지난 것이다.

헌데 현주의 외모는 예전과 별반 다를 바 없었다. 조금 성숙해져 보일 뿐이지, 별 차이가 없는 것이다.

현주는 그들을 낱낱이 살펴보다가 재현의 말이 떠올랐다. 근방의 B급 몬스터 출몰 지역에서 사냥하고 있다고 했는데 설마 이곳, 광교산일 줄이야.

"제 제자는 어디 있죠?"

류진아가 자신은 모르겠다는 듯 장영철과 김재하를 바라본다. 다들 모르겠다는 듯 고개를 가로저었다.

"오우거를 만나서 각자 흩어져서 도주한 후로 보이지 않아."

그 말을 들은 현주의 눈썹이 움찔거렸다. 오우거는 덩치가 커도 보폭이 인간과 다른 덕분에 달리기도 기동성도 뛰어나다. 육지 몬스터 먹이사슬의 최상위에 있는 오우거에게 쫓기고 있다면 정말 위험한 상황에 처해져 있을 것이다.

현주가 이를 악물며 검문소를 뛰어넘었다. 군경이 다급히 그녀를 말렸다.

"출입하시면 안 됩……!"

군경이 제지하려고 했지만 그들의 움직임이 딱 멈췄다. 그녀가 자신의 헌터증을 꺼낸 까닭이다.

푸른색으로 번쩍이고 있는 그녀의 헌터증. 저 색이 무엇을 뜻하는지 헌터가 아닌 군경도 잘 알았다.

"마스터 헌터입니다. 지금 당장 소탕 작전을 펼치겠습니다."

모든 이들의 시선이 현주에게 집중되고, 그녀가 실라이론을 소환하며 앞으로 달리기 시작했다. 빠르게 산을 뛰어올라가는 그녀의 뒷모습을 멍하니 바라보았다.

* * *

각각 뿔뿔이 흩어졌지만, 오우거는 끝까지 재현만을 추격했다.

몸이 여러 개가 아니니 각자 흩어진 먹이를 쫓기보다 하나의 먹이에만 집중하는 것이 오우거였다.

재현은 앓는 소리를 내며 나무 뒤에서 숨을 죽인 채 거친 숨을 내쉬고 있었다.

"하필이면 만나도 저런 무식한 몬스터를 만나다니."

미칠 노릇이다. B급 몬스터도 아니고 A급 몬스터. 그것도 A급 몬스터 중 최강의 자리에 있다는 오우거다.

재수 옴 붙었다는 생각이 들었다.

오우거는 나무들을 풀숲처럼 헤쳐 나가며 그를 추적하는

데 여념이 없다. 게다가 후각이 뛰어나고 흔적들을 보며 추적할 수 있는 지능도 있는지 발자국과 냄새로 재현을 찾아내려 하고 있었다.

'노임, 오우거 저 녀석 나를 노리고 있는 거 맞지?'

[네. 정확히 이쪽으로 오고 있어요.]

노임이 재현의 발자국을 없애기는 했지만 냄새까지 없애지는 못한 듯했다. 재현이 이를 꽉 깨물며 심호흡을 했다.

지금까지 어찌어찌 도망쳤지만 언제까지고 이렇게 할 수 없었다. 이 산에서 녀석에게 대항할 수 있는 몬스터는 없었다.

'약점. 약점을 찾아야 해.'

그는 다급히 킵보이를 통해 오우거의 정보를 검색했다. 킵보이에는 녀석의 약점이 적혀 있다.

그것만 알아내면 최대한 녀석에게 대항할 수 있을 것이고, 도망칠 확률도 생길 것이다. 오우거의 정보를 찾는 것은 그리 어렵지 않았다.

이름: 오우거

등급: A

종류: 오우거과

-지상 몬스터 먹이사슬 최상위에 있는 포식자. 덩치가

크고, 힘도 매우 세다. 가죽이 질겨 제대로 맞추지 않는 이상 대괴수용 섬멸탄조차 뚫지 못한다.

　　주의: 물리 공격 반감
　　약점: 속성 공격 (단, 데미지는 크게 기대하지 말 것.)

"……."

재현은 녀석의 정보를 확인하고 절망했다. 녀석의 약점은 속성 공격이긴 하지만…… 괄호 안에 적혀진 것 때문이었다.

상급 헌터가 되었어도 어지간히 많은 준비를 하지 않으면 잡기 힘든 몬스터가 바로 오우거이다.

그런 몬스터를 혼자서 대항하기란 무리인 줄 알았지만 큰 기대를 하지 말라고 설명까지 덧붙여 놓으니 더더욱 절망했다.

대항할 수단도 마땅찮다. 무엇보다 혼자서 녀석에게서 벗어나야 했다. 그 어떤 때보다 두려움이 들었다.

'어쩌지? 정말 어쩌지?'

재현은 공황 상태에 빠졌다. 어떻게 도망칠지 고민을 해 보지만 딱히 떠오르는 방법이 없었다. 어둠이 완전히 내려앉을 때까지 기다렸다가 어둠을 틈타 도망칠까 생각해 본 재현. 그는 고개를 저었다.

'내가 미쳤지. 지금 자살할 생각이냐!'

어둠은 오히려 몬스터에게 더 반길 일이다.

다크니아스와 계약한 재현도 이제 어둠 속에서 사물을 쉽게 볼 수 있게 되었지만, 몬스터만큼 야간에 눈이 밝지 않았다.

야간에는 주간보다 더 흉포한 몬스터들이 돌아다닌다. 야행성 몬스터들은 훨씬 더 위험한 존재인 것이다.

지금까지 죽음의 위기에 처해 있어도 이런 적이 없었던 재현이기에 머릿속이 복잡해졌다.

가벼운 마음으로 B급 몬스터를 잡으러 왔다가 오우거를 만나니 머릿속이 백지가 되어 버렸다.

"재현아, 엎드려!"

운다인의 외침에 다시 현실로 돌아온 재현. 그는 운다인의 말에 따라 땅에 바짝 엎드렸다.

콰과광—!

요란한 소리와 함께 그가 숨어 있던 나무가 산산이 부서진 채 밑동만 남게 되었다. 재현이 뒤를 돌아보자, 덜컥 심장이 내려앉았다. 녀석의 눈과 마주쳤다. 무엇보다 녀석과의 거리가 너무나도 가까웠다.

얼마나 힘이 센지 오우거는 부서진 나무를 막대기처럼 들고 있었다.

녀석이 부서진 나무를 휘두르려는 듯 번쩍 들어 올렸다. 재현이 재빨리 옆으로 굴렀다. 방금 전까지 재현이 있던 자리에서 엄청난 폭음과 함께 흙들이 비산했다.

계속 그 자리에 있었다면 자신이 어떻게 되었을지…… 끔찍한 상상을 하며 그는 재빨리 자리에서 일어나며 소리쳤다.

"운다인, 웨이브 커터!"

날카로운 칼날의 파도가 오우거에게 몰아쳤다.

이 정도 공격이면 어지간한 몬스터들도 파도의 힘에 의해 밀려나야 정상이다. 하지만 녀석은 그 자리에서 꿈쩍도 하지 않았다.

딱 봐도 육중해 보이긴 했지만 설마 파도에도 밀려나지 않을지는 몰랐다. 재현은 지금의 공격으로 한 가지 알아낸 게 있었다.

'젠장, 지금 그 공격에도 아무렇지 않은 거야?!'

녀석의 몸은 방금 전 공격을 한 것이 맞는가 할 정도로 이렇다 할 상처가 없었다. 운다인의 기술 중 강한 축에 속하는 것인데, 상처 하나 없다니.

지금까지 웨이브 커터에 흉터 하나 없던 몬스터는 없었다. 자신이 할 수 있는 최고 한도의 기술은 아니었다지만 이건 너무하지 않은가 싶었다.

"우워어어어어!"

오히려 방금 전 공격은 녀석을 자극하는 꼴만 되었다. 녀석은 죽기 살기로 재현만 따라올 것이다.

오우거는 상대가 공격하면 집요할 정도로 따라붙는 몬스터이다. 그것을 몰랐던 재현은 도주할 수 있는 실낱같은 가능성조차 잃었다.

서늘한 한기가 몰아쳤다. 녀석의 팔이 부풀어 오르며 나무를 다시 휘둘렀다. 재빨리 몸을 숙여 공격에 맞지 않았지만, 엄청난 바람이 몰아쳤다.

'맞으면 즉사다!'

재현은 정령화를 한 후, 다크 게이트를 통해 어느 정도 거리를 벌렸다. 정령들도 다급한 표정이 역력하다.

어떻게든 오우거를 물리치거나 도주할 수 있도록 하고 싶었지만, 녀석에게 공격이 통하지 않으니 답답한 노릇이다.

재현은 이를 꽉 깨물며 다시 도주를 선택했다. 싸워 봤자 이기지 못한다는 것을 깨달은 그에게 도주가 가장 생존율이 높다고 판단한 것이다.

녀석은 도주하는 그를 쫓지 않았다. 이제 쫓는 것도 귀찮은 것일까. 제발 그러기를 바랐지만, 기우에 불과했다.

녀석은 자신이 들고 있던 나무를 버리더니 근처에 있던

바위를 들어 올렸기 때문이다.

땅 깊숙이 박힌 바위를 들어 올린 오우거.

녀석은 그 엄청난 무게를 양팔로 거뜬히 지지하고 있었다. 엄청난 괴력에 놀라고 있는 사이에도 그의 다리는 멈추지 않았다.

"워어어!!"

녀석의 괴성과 함께 바위가 날아든다. 재현은 녀석이 바위를 아무렇지 않게 던진 것을 보고 놀랐다.

"메타이온, 아이언 월!"

메타이온이 즉각 반응해 강철의 벽을 만들었다. 녀석이 던진 바위는 강철의 벽에 가로막힐 것이라 생각했다. 하지만 바위는 강철의 벽조차 뚫어 버렸다.

급조한 강철이라서 구조에 있어서 부실할 수밖에 없었다. 그나마 다행이라면 벽과 충돌하면서 어느 정도 힘을 잃었다는 것이다. 정확히 그에게 날아들던 바위는 재현이 있는 곳에서 조금 못 미치게 떨어졌다.

"우워어어어어어!!"

녀석은 맞추지 못했다는 것에 화가 났는지, 더욱 큰 괴성을 내질렀다. 그리고 그를 쫓으면서 바위나 나무를 뽑아 들더니 그를 향해 던져 댔다.

명중률은 형편이 없었지만 그것만 해도 충분히 위협적이

다. 마구잡이로 던지는 바람에 언제 자신에게 날아들지 판가름하기 어려워졌다. 녀석은 성질대로 던지는 것이겠지만, 덕분에 혼란이 생겼다.

[오른쪽으로 바위 두 개가 날아들 거야!]

[나무 한 그루가 정확히 날아오고 있어! 왼쪽으로 방향을 틀어서 피해!]

재현은 뒤를 돌아보지 않고 앞만 보고 달리고 있었다. 뒤는 정령들이 봐 주면서 녀석이 던지는 것이 어디로 날아오는지 텔레파시로 알려 주었다.

그 덕분인지 재현은 이리저리 피해 가면서 도주를 계속할 수 있었다. 장애물을 일일이 집어 던지느라 시간을 허비한 탓에 녀석과 어느 정도 거리를 벌릴 수 있게 되었다. 이대로 도주할 수 있다는 생각에 환희로 가득 찬 재현이지만, 곧 절망적인 현실을 마주하게 되었다.

[머, 멈추세요!]

노임의 다급한 텔레파시. 재현은 자신도 모르게 우뚝 멈춰 섰다. 그리고 헉! 하고 숨을 삼켰다. 눈앞에 길이 끊어져 있었다. 낭떠러지를 마주했다.

원래는 다리가 놓여 있었던 모양인지, 낭떠러지 아래에는 녹슨 채 방치된 철로 된 다리가 있었다.

설마 길이 끊어져 있을 줄이야. 재현이 전혀 예상하지 못한 상황이었다.

"메타이온. 다리 만들 수 있어?"

"무리…… 거리가 너무 멀어…… 짧으면 급조해도 재현의 무게를 버틸 수 있겠지만, 이 정도 거리면 만들다가 떨어질 거야……."

결국 만들 수 없다는 결론이 나온 것이다. 뒤에서는 요란하게 땅을 울리며 다가오는 오우거가 있었다.

앞은 낭떠러지. 진퇴양난의 사태에 빠진 재현. 떨어지면 분명히 죽는다. 운다인의 물을 이용해 충격을 최소화할까 생각해 봤지만 고개를 저었다. 절대 무리다.

이 높이에서 물에 떨어져도 무조건 죽는다. 죽지 않는다 해도 크게 다칠 것이다.

크게 다친 후에 분노한 오우거가 자신을 향해 바위나 나무를 집어 던질 게 분명하다. 결국 방법이 없었다.

"얘들아. 저기 있잖아……."

"말하지 마."

운다인은 불길한 기운을 느끼고 재현의 말을 가로막았다. 그의 벌어지던 입이 다물어졌다.

운다인은 화가 난 표정으로 말을 이었다.

"헌터는 자신의 생명을 최우선적으로 생각하라고 했잖아. 지금 우리를 놔두고 벌써부터 포기할 생각인 거야?"

운다인의 말을 듣는 순간 재현의 가슴이 아려 오기 시작했다. 그동안 잊고 지냈지만 정령들은 자신 말고도 계약한 사람이 존재했다.

운다인도, 썬다이넨도, 메타이온도, 노임도. 다크니아스는 자신과의 계약이 처음이지만 첫 번째 계약자와 좋지 않게 끝낼 수는 없는 법이다.

운다인의 계약자는 용맹하고 심성이 올곧은 기사였지만, 무리한 돌격을 감행해 전사하고, 썬다이넨의 계약자는 순수하고 착한 귀족 아이지만 코볼트에게 당해 사망했다고 들었다.

메타이온은 자세히 말해 주지 않았지만 주로 광부들과 계약을 한 모양이었다. 그리고 대체로 광산이 무너져 사망했다고 한다.

노임은 대체로 자신과 비슷한 성향의 사람들과 계약했다고 하는데, 평온하게 수명을 다해 죽었다는 모양이다.

다들 이 세계의 사람이 아닌 다른 세계의 사람들과의 계약이다.

정령계도 있는데 다른 세계라고 없을까란 생각에 납득했던 적이 있다.

정령들과 대화를 나누면서 예전 계약자들에 대해 들어보았다.

이곳과 다르게 그쪽은 마법이 발달하고, 과학은 많이 뒤 처져 있다고.

어쨌든 지금 중요한 것은 그것이 아니다. 다들 한 가지 씩 계약자의 죽음에 대해 나쁜 기억을 가지고 있었다.

노임은 비교적 충격이 덜할지도 모르지만, 이번을 계기 로 생기게 될지도 모른다.

그것은 재현이 바라는 것이 아니었다.

몇 가지의 나쁜 기억이 있든 없든 중요한 것은 또다시 좋 지 않은 일을 만들어 정령들에게 충격을 주지 않는 것이다.

정령들에게 나쁜 기억을 새겨 주는 것은 그가 원치 않는 것이기도 했다.

수명이 존재하지 않는 정령들에게는 좋은 기억과 나쁜 기억 둘 다 평생 짊어지고 가야 할 일인 것이다.

"어떻게든 살 수 있는 방법을 모색하자, 재현아. 응?"

다그치듯 말하는 운다인. 저번 계약자가 어떻게 사망했 는지 두 눈으로 직접 본 운다인은 더욱 다급해 보였다.

아마 재현이 하려는 것도 비슷하다고 느꼈는지도 모른 다. 다들 재현이 하고자 했던 말이 무엇인지 알고 있는 눈 치였다.

가만히 있던 다크니아스는 팔짱을 끼며 말했다.

"나와 힘들게 계약해 놓고. 지금 무슨 생각을 하고 있는 거야? 나에게는 네가 첫 번째 계약자야. 나한테 나쁜 기억을 심어 주려는 거야?"

다크니아스의 말에 재현이 어리석은 생각을 한 자신을 욕했다.

'머저리 같은 녀석. 이런 귀여운 녀석들을 놔두고 벌써부터 포기할 생각을 해? 게다가 집에서 기다리고 있을 윤정이와 어머니, 누나는 생각 안 하냐고!'

그래, 아직 포기하기는 이르다. 아주 기적적으로 살아날 가능성이 있지 않겠는가. 발악도 해 보지 않는 것은 자신의 스타일이 아니다.

자신의 목숨을 담보로 도박을 잘 하지 않는 재현이지만, 이번에는 확실한 도박을 펼칠 필요가 있다.

어차피 이러나저러나 마찬가지. 밑져야 본전이다. 도박을 해 보기로 하고 그가 마음을 다잡았다. 그의 심경에 변화가 일었다.

그는 주먹을 꽉 쥐었다.

"그래. 최대한 발악하자."

마음을 다잡고, 재현은 어느새 자신의 근처까지 온 오우거와 정면으로 마주했다.

어떻게든 살아서 돌아갈게, 라고 모두에게 텔레파시를 보낸 재현의 주위로 바람이 일기 시작했다.

*　　*　　*

꽈과광—!

"저쪽에서 소리가 들렸어요. 실라이론!"

굳이 말하지 않았지만, 실라이론이 바람을 일으켜 현주의 등에 머물기 시작했다. 평소의 현주는 언제나 침착함을 유지하는데 지금은 꽤 다급해하고 있었다. 그녀가 이렇게 다급한 적은 실라이론과 계약한 이후 손에 꼽을 정도다.

화아아악—!

바람이 요동치기 시작했다. 그녀의 등 뒤로 바람의 세기가 더해지더니 몸이 붕 뜨기 시작했다. 바람을 이용해 하늘을 나는 기술이다.

정령력이 많이 드는 기술인데, 거리낌 없이 쓴다는 것은 그만큼 그녀가 다급해하고 있다는 걸 반증하고 있는 것이다.

요란스러운 소리가 들리는 곳까지 빠르게 도착한 현주. 그녀는 안전하게 착지한 후 주위를 둘러보았다. 파괴된 지형. 그리고 몬스터들이 쓰러져 있는 광경이 보였다. 그리고 그 몬스터를 포식하고 있는 몬스터까지.

"……트롤?"

오우거가 아니었다. 바로 트롤이었다. 현주는 인상을 찌푸렸다. 오우거가 아니라 트롤이었다니. 녀석이 인기척을 느꼈는지 붉고 진득한 피를 입 주위에 묻힌 상태로 뒤를 돌아보았다. 녀석과 눈이 마주쳤다. 녀석은 그녀를 발견하곤 자리에서 일어나 다가오기 시작했다.

"오래 상대할 시간이 없어요. 금방 끝내도록 하죠."

트롤도 꽤 집요하기 때문에 발견당한 후로 무시해 봤자 소용이 없다. 나중에 따라오면 곤란하기 때문에 일단 여기서 재빨리 처치하기로 했다.

화악!

그녀의 양손에 바람이 모이기 시작했다. 그녀는 바람을 합치며 트롤을 향해 날렸다.

"실라이론, 토네이도 커터를 사용하세요."

작게 시작한 바람은 토네이도가 되어 녀석의 몸을 찢어발겼다. 녀석의 피가 사방으로 뿌려지고, 가죽이 형편없이 너덜너덜해졌다. 하지만 트롤의 회복력은 상상 그 이상. 즉사가 아닌 이상 어지간하면 다시 원래대로 회복하기 때문에 공격을 멈추지 않았다.

"다크니아스. 어둠의 나락을 사용하세요."

트롤의 주위에 빛이 빨려 들기 시작했다. 마치 그곳만 빛이 사라진 것처럼 트롤이 점차 빨려 들어가기 시작했다.

어둠에 들어가지 않으려고 버티려고 했지만, 처음부터 강력한 공격에 당한 녀석은 얼마 저항도 하지도 못하고 어둠 속으로 빨려 들어갔다.

"후우……."

현주가 심호흡을 했다. 시간을 지체할 수 없어 처음부터 강력한 공격을 사용한 탓에 어지럼증이 느껴졌기 때문이다.

그녀는 잠깐 나무에 등을 기대었다.

"괜찮아?"

실라이론이 현주에게 물어 왔다. 현주는 미소를 지으며 실라이론의 머리를 쓰다듬었다.

"전 괜찮으니 신경 쓰지 마세요. 이제 나이가 들었나. 예전처럼 패기 있게 싸우지는 못하겠네요."

잠깐의 휴식을 취하며 어둠의 기운까지 정화하고 있는 현주. 어둠의 나락은 매우 강력한 기술이기는 하지만 어둠의 기운이 너무 많이 쌓였다. 즉시 정화하지 않으면 자신도 어떻게 될지 장담하지 못했다.

그녀는 재현이 몇 병 건네주었던 정화수를 마시며 정령력을 회복시켜 나갔다.

그를 찾기도 전에 쓰러질 수는 없는 노릇이다. 게다가 오우거가 아직도 쫓고 있는 상황이라면 정령력을 미리미리 회복시켜 둘 필요성도 있었다.

그렇게 잠깐의 휴식을 취하고 있을 때였다.

"우워어어어어!!!"

산 주위로 괴성이 메아리쳤다. 인간의 것이 아닌 몬스터의 것이다. 그리고 현주도 몇 번 들어 본 소리였다.

"오우거로군요. 검문소에서 말한 녀석일까요? 실라이론, 어디서 소리가 들려온 건지 파악했나요?"

"저쪽!"

실라이론은 동쪽을 가리켰다. 현주는 얼른 자리에서 일어났다.

"잠깐의 휴식도 없겠군요. 서둘러 이동하죠."

현주가 오우거의 괴성이 들린 곳으로 방향을 잡고 다시 움직였다.

*　　　*　　　*

쾅쾅! 콰콰쾅!

요란한 소리와 함께 바위와 나무들이 이러저리 날아다녔다. 나무가 땅에 떨어지면 그 파편이 튀었다.

"후우! 후우!"

재현은 숨을 거칠게 내쉬면서 오우거에게 눈을 떼지 않

았다. 조금이라도 눈을 뗐다가는 반응하지 못한다는 걸 알기 때문이다.

지상 최강의 몬스터 포식자라고 불리는 녀석을 눈앞에 두고 방심할 수 있는 사람이 얼마나 될까.

재현은 최대한 시간을 벌기 위해, 그리고 도주할 수 있는 찬스를 노리기 위해 지금까지 계속 버티고 있었다.

나무와 돌이 깨지면서 튄 파편에 맞아 재현의 얼굴에 피가 흐르고 있었다. 뺨은 피멍이 든 상황이었다. 대치하기 시작한 지 벌써 10여 분.

정화수와 치료수를 지속적으로 마셔 가며 버티고 있는 재현은 오우거에게 큰 피해를 주지 못했다.

"퉤!"

재현의 입에 머금고 있던 피를 뱉어 냈다. 녀석에게 직접적인 공격을 당하지는 않았지만 파편에 맞아 부상을 입었다. 그나마 티타늄 로브가 피해를 최소화해 주었으나 이미 몸은 만신창이가 되었다.

"저 녀석 체력 하나는 끝내주네."

온몸이 근육으로 되어 있는 몬스터답게 체력이 엄청났다. 어떻게 저렇게 무거운 것들을 던지면서 지치지 않는 것인지 신기할 정도다.

계속 치고 빠지면서 어느새 낭떠러지에서 거리를 벌리게

되었지만, 위험한 것은 변함이 없었다.

어디에서부터 싸웠는지 흔적이 참 요란하게 남아 있었다. 벌목을 한 것처럼 주위의 나무가 뽑혀져 있다.

녀석은 쓰러져 있는 나무를 들고는 다시 재현을 향해 던졌다.

"아이언 월!"

강철의 벽이 만들어지며 녀석이 던진 나무가 부딪쳤다. 어찌나 강하게 던졌는지 강철의 벽이 구부러졌다.

"조심하세요! 오우거가……!"

소리친 것은 노임이었다. 재현은 노임의 말을 다 들을 틈이 없었다.

콰과광!

오우거의 주먹이 강철의 벽을 부수고, 재현을 가격했다.

"커억!"

재현의 폐에 가득 차 있던 숨이 피와 함께 왈칵 쏟아졌다.

아이언 월이 아직 남아 있는 덕분에 녀석의 힘을 많이 흡수했지만 충격이 아주 없던 것은 아니었다.

재현이 데굴데굴 굴렀다. 다행히 방어구가 파괴되지는 않았지만, 충격이 상당했다.

'저렇게 많은 방어 기술을 주먹으로 뚫어 버리고도 이만한 위력이라니……!'

그는 기침을 하며 피를 닦아 냈다.

왜 오우거가 무서운지 이제 제대로 알게 되었다. 지상 최강 몬스터 포식자라는 말이 괜히 생긴 것이 아니었다. A급 몬스터들 중에서도 우두머리를 제외하고 최상위에 있는 몬스터다. 과연 남달랐다.

이길 수 없다는 생각이 그의 머릿속에 맴돌았다. 저런 무식한 몬스터를 어떻게 이긴단 말인가.

절대 불가능하다. 아무리 때려도 상처 하나 제대로 못 입히고 있다.

녀석이 지치기를 빌어야 하지만, 아직 녀석은 쌩쌩하다. 반면 재현은 체력적으로 한계를 넘어섰다.

하지만 쉴 틈이 없었다. 오우거는 재현을 향해 달려오고 있는 탓이다.

녀석의 우람한 주먹이 휘둘러진다.

"아이언 월, 어스 월, 아쿠아 월! 다크 포스!"

그는 모든 방어 기술을 사용해 방어에 전념했다. 녀석의 주먹이 쉴 새 없이 벽을 두드린다.

여러 겹으로 만든 방어 기술. 하지만 녀석의 주먹과 부딪칠수록 재현의 입에서 피가 왈칵 쏟아져 나왔다.

"재현아, 내상이 깊어!"

"나도 알아."

내상을 입은 덕분에 정령력을 사용하면 입에서 피가 토해져 나왔다. 방어 기술이 부서지지 않게 녀석의 주먹에 맞는 순간 복구를 하려고 정령력을 쓴다.

약간의 시간을 벌 수 있겠지만, 악순환이 되풀이될 뿐이다.

"어쩔 수 없겠네."

재현이 결심한 듯 눈을 부릅떴다.

스멀스멀.

재현의 몸 주위로 부정적인 힘이 감돌기 시작했다. 어둠의 기운이었다. 이를 눈치챈 정령들이 그를 말렸다.

"안 돼!"

"그만둬, 재현아!"

그가 어둠의 힘을 개방하며 싸우려고 한다. 다크니아스가 사용하는 것도 아니고, 스스로 정령화를 하려는 것이다.

"어둠의 힘을 이용한 정령화를 사용하면 돌이킬 수 없게 돼."

다크니아스도 말리고 있지만, 재현은 고집을 부렸다.

이래 죽나 저래 죽나 그게 그거다. 잠깐이면 충분할 것이라 생각했다. 어둠의 힘은 작은 힘으로도 폭발적인 힘을 낼 수 있는 것이다.

'스승님도 어둠의 힘은 아직 이르다고 정령화를 하지 말

라고 했지만······.'

으득!

재현은 꽉 깨물었다.

막강한 힘을 주겠지만, 재현의 현 상태로 함부로 했다가는 몸이 버티지 못할 것이라고 했다.

막강한 힘을 주는 대신 부작용도 만만치 않다는 것이다.

무슨 일이 있더라도 절대 하지 말라고 했다. 하지만 지금은 물불 가릴 처지가 되지 않았다.

'지금은 하는 수 없어!'

재현은 어둠의 힘을 적극적으로 사용하기로 하고 눈을 부릅떴다.

그의 눈이 붉게 물들기 시작하고, 머리가 바람에 날리듯 움직이기 시작했다.

"그만! 그만해!!"

소리친 것은 다크니아스. 다크니아스 말고 다른 정령들이 재현의 옷을 붙잡으며 다급히 말리기 시작했지만······ 그의 귀에 들려오지 않았다.

'굉장하다······.'

점점 증폭되어 가는 힘에 쾌락이 느껴진다.

아직도 강해지고 있다. 점점 더 강해지고 있다. 쾌락은 더욱 증폭된다. 지금까지 왜 이걸 사용하지 않았던 걸까.

그래, 더더욱 갈망해. 그러면 더 강해질 거야, 라고 스스로 생각한다. 악마의 속삭임처럼 달콤한 목소리가 그의 머릿속을 울리는 것만 같았다.

오우거도 그에게서 심상치 않은 힘을 느꼈는지 괴성이 더해지고, 다급하게 벽을 부수려고 하고 있었다. 더 강해지기 전에 없애려는 속셈이리라.

'그래, 조금만 더. 조금만 더 끌어 올리면 돼.'

"날 몰아넣은 만큼 널 짓밟아 주겠어. 이제 네가 궁지에 몰릴 차례다."

씨익—

스산한 바람이 불어 오며 그의 입이 귀까지 쭉 찢어졌다. 사태가 심각해졌다는 것을 직감하고, 정령들이 다급히 그를 막았다.

"재현아, 그만해."

"그 이상 선을 넘으면 안 돼!"

하지만 재현의 귀에는 정령들의 목소리가 들리지 않았다. 그는 오직 오우거를 바라보고 있을 뿐이다.

"우워어어어!!"

녀석은 재현에게서 느껴지는 힘에 괴성을 질렀다.

그리고 그 괴성을 신호탄으로, 그가 녀석을 향해 달려들려는 그 순간이었다.

"제자님, 아직 어둠의 힘은 이르다고 정령화에 사용하지 말라고 제가 말했죠?"

익숙한 목소리가 그의 귀에 닿고, 동시에 거센 바람이 그와 오우거 사이로 몰아쳤다. 갑작스럽게 몰아치는 바람에 재현의 몸이 저 멀리 날아갔다.

Chapter 02

불의 정령

거친 바람과 함께 날아간 재현. 그는 나무에 부딪히고서야 정신을 차릴 수 있었다.

　'아슬아슬했다.'

　재현은 자신의 실수를 깨달을 수 있었다. 아주 조금만 힘을 발휘하면 될 것이라 생각했지만 쉽지 않았다.

　어둠의 힘으로 정령화를 하는 순간 엄청난 쾌락에 뒤덮였다. 만일 조금이라도 늦었다면 완전히 어둠에 잠식당했으리라.

　"이제야 정신을 차린 것 같네요. 좀 괜찮나요?"

　현주는 오우거에게서 눈을 떼지 않았다. 그녀는 조금 화난 억양으로 말하고 있었다. 스스로 무슨 잘못을 했는지 알기에 재현은 그녀가 화를 내도 이해했다.

"네."

"그럼 됐어요. 어둠의 기운을 다스리면서 구경하세요."

재현은 고개를 끄덕이며 재빨리 어둠의 기운을 다스리기 시작했다. 오우거는 또 다른 적이 나타나자 낮게 울며 그녀를 노려보고 있었다.

그녀는 허리에 손을 얹었다. 실라이론과 다크니아스가 신호에 맞춰 양옆으로 이동했다.

오우거를 포위하며 일정 거리를 벌린 채 공격하기 시작했다.

"다크니아스, 그림자 묶기."

녀석의 그림자에서 검은색 줄이 튀어나오며 다리를 강하게 옥죄었다. 녀석이 움직이지 못하고 있었다.

"실라이론, 기가 토네이도."

거대한 바람이 일어나며 오우거의 몸을 갈기갈기 찢어놓기 시작했다.

"우워어어어!!"

녀석이 함성을 내질렀다. 녀석에게 계속 피해를 입히던 바람이 사라지고, 강하게 옥죄던 그림자가 순식간에 풀렸다.

그리고 가만히 있던 재현은 자신의 몸에 이상이 생긴 걸 발견했다.

'뭐야, 몸이 안 움직여져.'

눈을 깜빡하거나 손가락을 움직이기도, 숨쉬기도 힘들었다. 그것은 정령과 현주도 마찬가지였다.

"오우거 피어로군요."

그녀는 담담한 표정이었다. 그러더니 정령력을 끌어 올렸다. 그리고 서서히 그녀가 변화하기 시작했다.

현주의 주위로 강한 바람이 일어났다. 그 바람이 재현의 얼굴을 강하게 때렸다. 흑발이던 그녀의 머리카락이 연두색 빛을 띠기 시작했다.

정령 일체화였다. 재현은 불안정한 모습으로 정령화만 진행할 뿐, 그녀는 완벽한 정령 일체화를 사용했다.

'저건 완전히 정령의 모습이잖아!'

정령과 다를 바 없는 모습이었다. 실제로 제대로 된 정령 일체화를 목격한 경우는 이번이 처음이었다.

재현의 경우 인간과 정령의 딱 중간 단계일 뿐이지만, 누가 보더라도 현주는 완벽한 정령의 모습이었다.

정령 일체화를 한 현주는 고개를 저었다.

"이제 좀 살 것 같네요."

정령 일체화를 통해 오우거 피어를 극복한 현주가 홀로

움직였다.

움직이지 못하는 정령들을 대신해 그녀가 시간을 버는 것이다. 현주는 녀석이 사용하던 나무의 부서진 파편을 주웠다.

그리고 그곳에 정령력을 덧씌운 채 날렸다. 나무 파편이 정확히 녀석의 눈을 향해 날아갔다.

제아무리 가죽이 두꺼워 어지간한 공격에 끄떡도 하지 않는다 하더라도 눈은 예외였다.

"우워어어어!!"

녀석이 한쪽 눈을 부여잡으며 울부짖기 시작했다.

현주는 틈을 완전히 내보인 녀석을 향해 팔을 번쩍 들어 올려 휘두르며 교차했다.

"크로스 커터!"

X자 바람의 칼날이 녀석을 향해 날아들었다. 그리고 그 즉시 손을 꽉 쥐었다 폈다.

"윈드 브레이크!"

녀석을 향해 날아가던 바람의 칼날이 부서지며 여러 갈래로 녀석을 공격한다. 비산한 바람이 녀석의 몸에 꽂혔다.

오우거는 더욱 크게 울부짖더니, 정신을 차리고 한쪽 눈으로 그녀를 노려보았다. 녀석은 이미 곳곳에 상처를 입은 상황이었다. 녀석은 눈에 박힌 나무 파편을 뽑아 버리고 피를 흘린 채 그녀를 향해 달려들었다.

쿵쿵!

거대한 덩치를 자랑하는 녀석이 땅을 진동시켰다.

"다크니아스!"

언제부터 모았는지, 현주의 다크니아스의 손에는 어둠이 모여 있었다. 또한 그녀의 머리는 어느새 흑발로 되돌아와 있었다.

다크니아스의 손 주위로 블랙홀처럼 빛이 전부 스며드는 것만 같았다.

"폴 다크니스!"

어둠이 오우거에게 날아갔다. 추락하는 어둠이 녀석의 어깨에 다다르자, 빠르게 회전하며 녀석의 왼팔을 관통했다.

대구경 총에 맞은 것처럼 녀석의 팔이 그 공격에 피를 흩뿌리며 날아갔다. 재현의 두 눈동자가 커졌다.

자신은 상처 하나 내지 못한 오우거의 팔을 떨어뜨리다니…… 이것은 상상도 못 한 일이었다.

"스, 스승님!"

하지만 녀석은 한쪽 팔과 눈을 잃었음에도 멈추지 않았다. 순식간에 그녀의 지척에 다다랐다.

어느새 녀석은 남아 있는 한쪽 팔로 그녀를 향해 휘두르려고 하고 있었다. 재현은 다급함에 소리쳤지만, 어째서인지 현주는 여유 있는 얼굴이었다.

"실라이론!"

말하지 않아도 실라이론이 바람을 일으켜 현주를 뒤로 이동시켰다.

녀석의 주먹이 허공을 갈랐다. 그리고 언제 있었는지 모를 바람의 구체가 그녀가 방금 전까지 있던 곳에 떠돌고 있었다.

현주가 싱긋 웃으며 머리색이 다시 연두색 빛을 띠기 시작했다.

"선물이에요."

파아아앙!

공기가 터지는 소리와 함께 거구의 몸이 공중으로 붕 뜨며 몇 미터나 날아간다. 재현은 이를 보고 놀라고 있었다.

오우거를 아무렇지도 않게 압도하고 있다니. 정말 놀라운 일이 아닐 수 없었다. 하지만 녀석은 아직도 건재했다.

녀석은 절단된 어깨에서 피가 분수처럼 콸콸 쏟아지고 있으면서도 일어나며 전의를 불태우고 있었다. 끈질긴 것이 오크 로드랑 똑같았다.

"트롤과 싸운 것 때문에 더 이상 시간을 끌다간 정령력

고갈로 쓰러지겠어요. 실라이론, 다크니아스. 돌아가도록
하세요."

그녀의 말에 실라이론과 다크니아스가 아무 말하지 않
고 고개를 끄덕이더니 정령계로 돌아갔다.

이 기회에 몰아치는 것이 아니라 정령력 보존을 선택한
것이다.

그녀가 주머니에서 머리 끈을 꺼내더니 머리를 묶기 시
작했다. 머리카락이 거치적거리지 않게 하려는 것이다.

"이만 승부를 보도록 하죠."

오른손을 들어 올리자 바람이 그녀의 손에 모이기 시작
했다. 작은 바람이지만, 그것이 눈으로 보일 정도였다.

그녀의 손에서 바람이 강하게 몰아치고 있는 것이다. 거
기에서 재현은 엄청난 정령력을 느낄 수 있었다. 그녀는
손에 모인 바람을 압축하기 시작했다. 폭탄을 손에 들고
있는 것이나 다름이 없었다.

그녀가 이를 꽉 다물고 있는 것이 보였다. 그녀의 이마
에서 핏줄이 튀어 나왔다. 그만큼 힘이 드는 작업이라는
소리였다.

"우워어어어어!!!"

오우거도 현주가 하려는 것이 보통 일이 아니라는 것을
깨닫고 달려들었다. 가만히 있다가는 당한다는 것을 본능

적으로 알아차린 것이다.

"위험해요!"

녀석이 다가오는데도 현주는 미동이 없었다. 재현이 재빨리 정령력을 끌어 올려 오우거를 막아 보려고 했지만, 무리였다. 정령력을 끌어 올리자 입에서 피가 토해져 나오며 훼방을 놓았다.

"걱정 마세요, 제자님."

그녀는 분명 나지막이 말했지만, 그 말은 정확히 그의 귀에 닿았다.

"저는 제자님이 걱정할 만큼 만만한 사람이 아니랍니다. 이르긴 하지만 보여 주도록 하죠. 일단 날아가지 않게 나무를 꽉 붙들고 계세요."

그녀의 손에 있는 작은 폭풍이 불안정하게 요동친다.

녀석과의 거리는 고작 3미터. 그녀는 오히려 일보 전진한다. 그리고 손을 내질렀다.

콰아아아아!!

말로 형용할 수 없는 강한 바람이 녀석에게 몰아쳤다.

재현에게도 태풍 속에 들어간 것처럼 강한 바람이 몰아쳤다. 몸이 날아갈 정도로 강한 바람이다. 눈을 감은 채 그는 나무를 꽉 붙들고 있을 뿐이었다. 그리고 바람이 사그라들자, 재현은 그제야 두 눈을 뜰 수 있었다.

"이, 이게 도대체……."

재현은 할 말을 잃었다. 오우거는 어디로 갔는지 보이지 않고, 정면으로는 울창하게 자라난 나무들이 사라지면서 하나의 길이 만들어졌다. 이것을 뭐라고 해야 할지 갈피를 잡지 못한 채, 그의 시선이 하늘에 닿았다.

현주는 숨을 고르더니 방긋 웃으며 재현을 바라보았다.

"정령의 힘을 극한까지 끌어 올려 한 번에 터트리면 하늘을 가르고, 꿰뚫을 수 있습니다, 제자님."

그녀는 밝게 웃고 있었지만, 재현은 그것을 보면서 눈을 휘둥그레 뜨며 아무 말도 하지 못했다.

그녀의 뒤로 구름이 비정상적인 모습으로 뻥 뚫려 있었기 때문이다.

*　　　*　　　*

다행히 오우거를 상대로 크게 다치지는 않았지만, 재현은 현주의 부축을 받으며 하산할 수 있었다.

치료수를 마신 덕분에 병원에 들어가지 않아도 되겠지만 당분간 사냥은 무리일 것 같았다.

현주는 안전 지역까지 오고 나서야 휴식을 취할 수 있었다.

정령력 대부분을 고갈한 현주와 재현이다. 여기서 몬스터를 마주치면 곤란하게 될 것이다.

그녀는 그를 내려놓고 옆에 앉아 거친 숨을 몰아쉬었다. 건장한 성인 남성을 부축하며 내려오기는 그녀라도 버거운 일이었다.

"죄송해요."

재현이 사과를 하자 현주가 손사래를 쳤다.

"아뇨. 뭘 이 정도 가지고요. 아직 어둠의 기운이 좀 남아 있는 것 같은데, 바로 다스리도록 하세요."

"네, 죄송해요."

"그리고 죄송한 걸 알면 다음부터는 어둠의 힘으로 정령화를 하지 마세요. 스스로 자멸할 수 있으니까요."

"……네."

"이번에는 어쩔 수 없는 상황이어서 화내지는 않을 거예요."

대충 어떤 상황인지 파악한 현주이기 때문에 타박하지는 않았다.

완전히 궁지에 몰렸을 때, 최후의 발악을 하려고 한 것이다. 몬스터도 그렇지만 인간도 궁지에 물리면 결코 가만히 앉아서 당하지는 않는다.

재현도 아마 그 때문에 너 죽고 나 죽자는 생각에 사용했으리라고 생각한 것이다. 충분히 이해하고도 남을 일이기 때문에 이 일은 그냥 덮어 두기로 했다.

"한 가지 칭찬을 하자면 오우거를 상대로 이만큼 버틴 것도 대단한 거예요."

"그런가요?"

그것에 대해 별생각이 없었다.

상급 헌터 여럿이 잡아야 간신히 잡을 수 있다는 것만 알뿐이다.

"제가 제자님 같은 경지였다고 해도 쉬운 일은 아니죠. 저였으면 버티지도 못하고 먹이로 전락했을 거예요."

위로로 하는 말은 아닌 것 같았다. 그래도 재현은 솔직히 풀이 좀 죽었다. 오우거를 상대로 무력한 자신의 모습에 절망했다.

"그래도 아무런 피해를 입히지 못한 건 솔직히 충격이네요."

"다크니아스의 공격을 적극적으로 했으면 또 모르죠. 그래도 상급 정령이니까 피해를 끼칠 수 있었겠죠. 하지만 지금 상황에서 공격 기술을 사용하면 어둠에 먹힐 수도 있어요."

어둠의 기운에 익숙하지 않으니 재현은 다크니아스를 아주 최소한으로만 활용할 뿐이었다.

약한 공격은 괜찮겠지만, 본 힘을 다하면 위험하다. 어
둠의 기운에 대해 완전히 익숙해질 때까지 공격은 최대한
자제해야 했다.

공격 기술을 사용하는 것만 해도 그런데, 어둠의 기운을
끌어 올려 정령화를 하려고 했으니 버틸 수 있을 리 없었
다.

만약 현주가 조금이라도 늦게 도착했으면 재현은 순식
간에 폭주하게 되어 사람들을 공격했을지도 모른다.

"최후의 발악으로 한 것이지만, 역시 무리였던 모양이
에요."

"걸음마를 시작하기도 전에 달리려고 했으니 당연한 거
죠. 그런데 지금까지 거의 천적이 없다시피 했는데 오우거
를 만나서 그런지 몰라도 제자님은 쉽게 낙담하시네요."

현주가 후후 웃었다. 지금까지 궁지에 몰렸어도 혼자의
힘으로 헤쳐 나갔는데, 처음으로 자신이 얼마나 무력한지
깨달았을 것이다.

그녀의 말대로였다. 재현은 지금껏 많은 수의 정령과 계
약하며 천적이 거의 없다시피 했다.

지금까지 그의 공격이 안 통하는 천적이라고 한다면 미
니 엔트 정도였다. 물도 안 통하고, 번개도 안 통하는 미니
엔트. 그러나 그것도 기지를 발휘해 사냥했다.

그가 계약한 가장 강한 정령은 썬다이넨이다. 그런데 썬다이넨조차 오우거에게 이렇다 할 피해를 입히지 못했다.

당연한 얘기지만 충격이 클 수밖에 없었다. 방어를 하는 것이 고작이었다. 오우거는 더 이상 마주치기 싫었다. 혹시 꿈에라도 나올까 봐 무서웠다.

다들 헌터가 되고 처음으로 마주하는 일이지만, 재현은 그것을 너무 늦게 통감했다.

재현이 그렇게 한숨을 몰아쉬고 있는데, 현주가 이어서 말을 했다.

"제자님의 다크니아스는 예외로 쳐 두었더라도 불의 정령이 있었으면 좀 달랐을지도 모르죠."

"불의 정령이요?"

"네. 불의 정령의 파괴력은 그 누구도 무시하지 못하니까요. 아, 물론 죽일 수 있다는 의미는 아니에요. 지금 실력으로는 불의 정령이 있었다 해도 시간을 좀 더 잘 버는 정도였을 뿐이었을 테니까요."

현주는 손가락을 휘휘 저으며 바람을 일으켰다. 더운 것은 이해하지만 얼마 남지 않은 정령력을 이런 것에 쓰다니……

정화수 덕분에 빠르게 회복되기는 하겠지만 조금이라도 아끼는 것이 좋지 않을까 속으로 생각했다.

"번개의 정령도 강력하지만 불의 정령 또한 그에 못지
않은 힘을 가지고 있어요. 화상을 입힐 수도 있고, 불을 질
러 2차 피해를 입히기도 하죠. 아, 물론 화재를 조심해야
한다는 제약이 많이 따르겠지만요."

불의 정령을 직접 본 적이 있긴 하다. 오크 로드와 강제
로 계약이 된 불의 정령이다.

확실히 엄청나게 강했던 것으로 기억한다. 번개의 정령
과 다른 강력한 공격은 무시할 수 없는 것이기도 했다.

"제자님은 신기하게도 정령에 대한 제약이 없어서 하는
말이에요. 제약이 있었다면 말하지도 않았을 거예요."

재현도 진지하게 고민을 하기 시작했다. 불의 정령과 정
말 계약을 할지 말지에 대해서였다.

'정령력의 한계 때문에 오랫동안 소환을 못 할 텐데…….'

가장 많은 정령력을 요구하는 것은 다크니아스였다. 상
급 정령답게 소환하고, 유지시키는 데 많은 정령력이 필요
하기 때문이다.

중급 정도의 불의 정령과 계약했을 때를 계산해 보았다.

정령마다 소비하는 정령력에 대해 조금씩 차이를 보이
긴 하지만 별로 다를 바 없다.

그렇다면 한 명이 더 추가되어 소환했을 때 얼마나 버틸
수 있을까.

정령력이 완전히 고갈되어 기절할 때까지를 천천히 계산해 보는 재현. 계산은 어렵지 않았다.

'오래 버티면 여덟 시간쯤 되려나?'

여기에 기술을 사용한다고 가정하면 더 짧아진다. 그래도 아주 나쁘지는 않을 것 같았다. 딱 적당한 정도였다.

"당분간 휴식을 취하면서 고민해 보세요. 전력이 늘어나면 늘어날수록 제자님께 좋을 테니까요. 무리다 싶으면 그만두고요."

재현은 고개를 끄덕였다.

여러 속성의 정령과 계약하면 당연히 그에게 이로웠다. 그만큼 상극을 줄일 수 있다는 뜻이고, 그에 대한 내성이 생기기 때문이다.

재현의 경우 물, 번개, 금속, 땅, 어둠에 대한 내성이 있었다.

몬스터들이 마법 공격을 할 때 그와 관련된 공격을 해오면 남들보다 피해를 덜 입게 되는 것이다.

물론 인간인 이상 영향을 아예 안 받는 것은 아니다. 그래도 덜 아프고, 피해를 줄일 수 있다는 것은 큰 메리트로 작용한다.

'여기에 불에 대한 내성까지 생기면 엄청나겠는데?'

거기다 아영처럼 불을 자유자재로 다룰 수 있게 된다.

이 얼마나 기가 막힌 일이겠는가.

천적이 줄어들면 그만큼 재현이 오갈 수 있는 몬스터 구역은 넓어지고, 더 쉽게 잡을 수 있게 된다.

이득이면 이득이지, 절대 손해는 아니었다.

"10분이 좀 넘었군요. 이제 충분히 쉬었으니 얼른 가죠. 장영철 아저씨가 걱정하던데…… 아."

현주는 뭔가 떠올랐는지 크게 한숨을 내쉬었다. 재현이 고개를 갸우뚱거렸다.

"왜 그러세요?"

"장영철 아저씨랑 나머지에게 결국 제가 마스터 헌터란 걸 들켜서 말이죠."

"어쩌다가요?"

"검문소에서 만났거든요. 출입도 허가해 주지 않아서 마스터 헌터란 걸 보란 듯이 밝히기도 했고요."

그녀는 옛 동료들에게 마스터 헌터가 되었다는 것을 비밀에 부치고 있는 상황이었다. 일부러 숨기고 있는 것이다.

이유는 모르지만 보안이 가장 철저해야 하기 때문이라고 한다. 귀찮은 일이 생기는 걸 방지하기 위함이라고 하나. 애초에 그녀가 자신을 남에게 알리기 좋아하는 것도 아니었다.

"그분들도 크게 생각하지는 않을 것 같지만요."

"네. 놀리면 놀리겠지만요."

그녀는 손으로 입을 가리며 쿡쿡 웃었다.

마스터 헌터를 놀리는 것 자체도 상상이 되지 않는 일이긴 하지만, 현주는 그들을 아주 잘 알고 있을 것이다.

"어쨌든 서둘러 내려가도록 하죠."

그들은 자리에서 일어나며 다시 하산했다.

*　　　*　　　*

재현은 당분간 사냥을 하지 않고 휴식을 취하기로 했다. 그러면서 오우거처럼 강한 몬스터를 마주쳤을 때 어떻게 해야 할지 따로 고민했다.

더 튼튼한 방어구를 만들까 생각하고, 최상급 매직 아이템을 잔뜩 구입할까도 생각했지만 모두 부정적이었다.

튼튼한 방어구를 만든다 하더라도 녀석의 주먹에 쉽게 부서질 것이다. 부서지지 않는다 하더라도 멀리 날아갈 것이 분명했다.

최상급 매직 아이템. 마나를 위주로 올리는 것들이라면 더 강해질 수 있겠지만, 오우거에게 큰 피해를 입힐 것 같지 않았다.

혹시나 해서 현주와 통화해서 물어보니, 지금의 상황에서 최상급 매직 아이템으로 도배해도 소용없으니 포기하라는 말만 할 뿐이었다. 현주만큼 강해지거나, 상급 헌터의 몫을 제대로 할 수 있는 사람이 되면 피해를 입힐 수 있다는 것이다.

'하기야, 제대로 된 B급 몬스터도 못 잡아서 좀 약한 녀석들 위주로 잡는데 너무 이르지.'

걷기도 전에 뛰는 것이나 다름이 없기 때문에 깔끔하게 포기하기로 했다.

'결국 도주 말고 없네.'

재현이 현주만큼 강한 것이 아닌 터라 도망가는 것 외에는 방법이 없었다. 그에게 아직 A급 몬스터는 이른 것이다.

그나마 다행이라면 B급의 최강 몬스터인 트롤만 마주치지 않으면 어찌어찌 도망가는 것이 가능하다는 것이다.

그는 한숨을 크게 내쉬며 약을 꺼내서 물과 함께 삼켰다. 그는 최근 약을 복용하고 있었다.

치료수 덕분에 내상은 치유가 되겠지만 만일에 대비해 윤정이 약을 가져다준 것이다.

사지 멀쩡히 살아서 돌아온 것도 놀라운 일이긴 하지만, 처음에 윤정이 소식을 들었을 때 어찌나 호들갑을 떨던지.

안정도 시킬 겸 재현은 스스로 사냥을 자제하기로 했다. 덕분에 윤정은 일하러 가는데도 재현은 집에 남아 있었다. 정령들과 얘기를 나누면서 그는 넌지시 물었다.

"불의 정령과 계약하는 걸 어떻게 생각해?"

운다인이 손가락으로 입을 만지며 고개를 끄덕였다.

"괜찮은 것 같아. 불의 정령은 파괴력도 강하고, 대인전에도 강하니까."

"나도 같은 생각이야. 분명 큰 도움이 될 거야."

운다인과 썬다이넨은 긍정적으로 생각하고 있었다.

모두 소환하면 그만큼 정령력 소모가 커질 것이다. 전투 중일 때 필요한 정령만 소환해서 싸운다면 정령력은 어떻게든 커버가 가능할 것이리라.

"저도 괜찮다고 생각해요. 분명 큰 도움이 될 거예요."

노임도 적극 찬성을 내비쳤다. 재현이 강해지면 강해질수록 생존율은 높아지고, 훗날 강한 몬스터를 만나더라도 최소한 시간을 벌 수 있을 테니 말이다. 또는 충분히 도주를 할 수도 있을 것이다.

"쿨……."

메타이온은 아무런 반응도 하지 않고 재현의 무릎에 머리를 베고 누운 채 잠들어 있었다.

메타이온은 재현이 엇나가는 것이 아니면 뭘 하든 신경

쓰지 않는 듯하다. 허락을 하는 의미로 알아들으면 될 것 같았다.

"다크니아스. 너의 의견은?"

재현은 자신의 등에 기대 있는 다크니아스에게 시선을 돌렸다. 가만히 그의 등에 기대 있던 다크니아스가 대답했다.

"다 같이 놀려면 정령력 탱크가 좀 더 커져야겠네."

"지금 당장은 무리겠지만 꾸준히 수련하면 정령력 탱크가 커지잖아. 지금 점점 크기가 늘어나고 있어서 그런지 몰라도 최근 너희들을 소환하는 시간도 많이 늘었고 말이야."

이제는 다들 소환해도 크게 힘겹지 않았다. 꾸준히 친화력과 정령력을 쌓은 덕분이었다.

"그럼 계약을 하면 일부 정령들만 소환하겠네? 난 뒷전일 테고."

"혹시 질투하는 거야?"

질투하는 감정은 느껴지지 않았지만 자신의 마음을 숨기는 것은 언제든 가능하다.

공유가 가능할 뿐이지, 한쪽에서 원치 않으면 감정의 공유를 끊을 수 있었다. 재현의 경우 공유를 항시 유지하는 편이다.

그것이 정령들을 더 많이 알아 가는 방법인 데다, 정령력과 친화력을 꾸준히 쌓게 해 주기 때문이다.

사생활과 관련되어서는 끊고 있긴 하지만 말이다.

"결코 그런 일은 없어. 걱정하지 마. 난 정령을 따돌리거나 하지 않아."

"그럼 다행이지만."

다크니아스가 내심 불안해하는 것 같아 재현은 자신의 감정 그대로를 전달했다. 감정만 전해지는 것으로 충분히 그의 진심이 느껴졌다.

'오히려 어둠의 기운에 익숙해져야 하니 더 자주 소환할 텐데.'

내심 불안함을 숨기지 못하는 다크니아스.

아직 계약한 지 얼마 되지 않아서 그런지 불안감이 남아 있는 모양이다. 시간이 지나면 다 알게 될 것이다.

"그래서 어떻게 생각해?"

"불의 정령이 날 피하지 않을까 생각할 뿐이야."

"음, 그것도 그렇겠네."

정령들도 본능적으로 다가가기 싫은 정령이 있다면 바로 어둠의 정령이다.

이미 익숙하다 해도 막상 피하는 기색을 보이면 다크니아스라도 상처를 받을 수밖에 없었다. 겉으로는 내색하지 않지만 정령과 계약을 하면 서로의 감정을 공유할 수 있기 때문에 재현이라면 즉시 알 수 있는 것이었다.

조금 무거운 얘기로 빠지려고 하자, 운다인이 다시 화제를 불의 정령으로 되돌려 놓았다.

"그럼 재현이는 또 상급 정령과 계약할 거야?"

"음…… 그것도 나쁘지 않겠지만, 당장 무리일 것 같아서 말야. 딱 중급 정도가 나을 것 같아."

"불의 정령은 중급 정령이라고 해도 엄청나게 세지."

"확실히 그랬지."

일전에 오크 로드에게 조종당하는 샐리스트와 격전을 치른 적이 있는 재현이다 보니 그 위력은 충분히 실감할 수 있었다.

그때 딱 한 번 본 것뿐이지만, 불의 정령은 확실히 엄청난 전력이 되었다.

"그나저나 운다인도 상급 정령으로 만들어야 하긴 하는데……."

재현은 불현듯 운다인을 바라보았다. 정령석을 구해서 운다인에게 먹여 상급 정령으로 만들고 싶다는 생각은 예전에 했었다.

중간에 다크니아스가 들어와서 여력이 없어서 포기한 것뿐이지, 아직 미련은 남아 있었다.

정령석을 구하려고 하면 구할 수 있을 것이다. 많이 비싸겠지만, 돈이라면 아직 넉넉하다.

스포츠카와 오토바이를 사고도 아직 한참 남은 재현. 하지만 가격은 둘째 치더라도 한 가지 문제가 있었다.

'상급 정령을 두 명이나 소환하면 나머지를 소환할 수 있는 시간이 엄청 줄어들겠지?'

그만큼 상급 정령은 엄청난 정령력을 요구한다.

재현의 정령력 탱크가 다른 정령사들보다 압도적인 크기를 자랑하는 덕분에 버틸 수 있는 것이지, 현주라도 이만큼 소환해 내는 것은 쉽게 하지 못할 일이다.

허나 분명한 것은 운다인이 상급 정령이 된다면 불의 정령 못지않은 엄청난 전력이 된다는 것이다.

상급 정령부터 공격력의 차이를 가늠하는 것은 소용이 없다고 한다.

쓰나미, 토네이도, 화산 폭발 중 무엇이 더 무서운지 가늠해 보라고 하는 것과 같았다.

"정령석을 어떻게 구해 볼까?"

헌터 상점과 연관된 인터넷 구매 사이트가 있다. 해외와도 연동되어 있기 때문에 찾아보면 있을지도 모른다는 생각이 들었다.

정령석이 워낙 귀해서 자신이 원하는 만큼의 정령석을

구할 수 있을지는 의문이지만 말이다.

"무리할 필요는 없어. 당장 급한 것은 아니잖아."

운다인의 말대로였다. 급한 일은 아니었다.

언젠가는 오우거와 싸우겠지만 지금 당장은 아니다. 지금은 자신의 실력에 맞게 몬스터를 사냥할 생각이다.

정령들을 다음 단계로 진화시키는 방법은 딱 두 가지. 계약자의 깨달음 혹은 정령석을 먹이는 것이다.

메타이온과 썬다이넨이 중급 정령이 된 것도 다 정령석을 먹였기 때문이다.

"어쨌든 다들 찬성한다는 거지?"

"응! 전에도 말했다시피 친구가 늘어나는 거니까."

"나도 찬성이야!"

"찬……성……."

"저도 찬성이에요!"

다들 찬성하는 가운데, 다크니아스가 피식 웃었다.

"우리의 계약자는 바람둥이네. 다양한 정령들과 계약하고 말이야. 이만큼 계약한 것도 모자라서 더 하게?"

"나중에 축구팀 하나 만들까 생각한 적이 있는데 진짜 그렇게 해 볼까?"

장난에는 장난으로 대답하는 재현이었다.

불의 정령과 계약을 하기로 하고, 재현은 거실에서 수정
체 가루를 뿌리며 진을 만들었다. 소환진을 만드는 것은 정
령들이 도와준 덕분에 쉽게 그릴 수 있었다. 그렇게 열심히
준비를 하고 있는데, 마침 윤정도 퇴근을 했다.

"오빠, 지금 뭐 해?"

다들 거실에 모여서 뭔가를 그리고 있으니 확실히 이상
해 보일 것이다. 딱 봐도 마법진 같다는 생각이 들긴 하지
만 무엇을 하려는 건지 모른다.

"아, 정령과 또 계약하게."

"다크니아스랑 계약한 지 얼마나 됐다고?"

"전력에 보탬이 되고, 애들은 친구가 늘어나는 거잖아."

친구의 친구는 친구. 다들 재현이 정령과 계약하는 것을
찬성하기 때문에 적극 도와주고 있었다.

"하여간, 못 말린다니까. 오우거에게 된통 당하고 그런
생각이 들어?"

"그러니까 전력을 더 보충하는 거지. 그런 일 가지고 낙
담하면 되겠어? 죽을 뻔한 건 그때가 처음은 아닌걸. 물론
지금까지 내 힘으로 어떻게든 됐지만, 오우거는 스승님이
도와주지 않았으면…… 으으~"

현주가 때맞춰 와 주지 않았으면 지금쯤 장례식이 한창이지 않았을까. 상상만 해도 끔찍하다며 몸을 떠는 재현이었다.

"……오빠가 확실히 헌터긴 헌터네. 죽을 뻔했다는 말을 아무렇지 않게 하는 걸 보니 말야. 그래도 그런 것에 익숙해지지 마."

"초기에 교육할 때 교관들이 하는 말이야. 죽음에 대해 익숙해지면 방심하기 쉬워진다고. 항상 경각심을 가지고 있으니 걱정하지 마. 일부러 위험은 피하는 편이야. 오우거는 어쩔 수 없던 일이었지만."

"그래, 우리 오빠 잘나셨어요."

윤정이 재현의 뺨을 꼬집으며 쭉 늘어뜨렸다.

솔직히 말해 아픈 편은 아니었지만, 재현이 아픈 시늉을 했다. 그렇게 윤정과 잠시 장난을 치다 보니 어느새 정령들이 진을 거의 완성해 가고 있었다.

"그런데 마법진은 왜 그려? 다크니아스랑 했던 것과 다른데?"

다크니아스와 계약을 했던 것을 본 윤정이기에 그때와 다른 점을 금방 파악한 윤정이었다.

"정확히는 소환진이지만. 그러고 보니 다크니아스는 진을 그리지 않았었지? 그때는 다크니아스가 먼저 다가와서 가계약을 했던 상태였기에 불러서 계약 의식을 하면 끝이었지만, 지금은 내가 정령을 부르는 작업을 하는 거야."

"헤에…… 그렇구나."

재현과 동거하면서 본 적 없는 것이기 때문에 어떻게 불러내는 건지 궁금하다는 표정이다. 때마침 운다인이 수정체 가루를 털어 내는 것으로 소환진이 완성되었다.

"이제 끝났어."

"수고했어."

재현은 미리 사 둔 양초를 꺼내 소환진 위에 올려 두었다. 그리고 라이터로 불을 붙였다.

불은 이제 끝났다. 여기에서 정령을 소환해야 하는데, 재현의 머리에 불현듯 뭔가가 떠올랐다.

"운다인. 혹시 양초의 정령은 있어?"

"아니, 그런 정령은 못 들어 봤는데?"

"혹시나 해서 말이야."

불의 정령을 소환하려고 했는데 뜬금없이 양초의 정령이 나오면 곤란하다. 어떤 정령사가 물의 정령을 소환하려고 양동이에 물을 담아 소환하려고 했더니 금속의 정령이 나왔다는 사례도 있었다.

그 사례를 봤을 때 웃기긴 했지만 정령사인 그의 입장에서는 슬픈 일이기도 했다. '웃프다'라는 신조어가 괜히 나온 것이 아니었다.

재현도 운다인에게 물으면서 어이가 없었는지 피식 웃었다. 다행히 그런 정령은 없다고 하니 불의 정령이 소환될 것이다.

"자, 그럼 시작한다."

그는 소환진 위로 손을 놓으며 정령력을 불어 넣었다.

그가 정령력을 불어 넣자 촉진제로 사용된 수정체 가루에서 빛을 발하기 시작했다.

양초 위로 붙은 작은 불꽃이 위태롭게 흔들리기 시작하며 곧 환한 빛과 함께 불의 정령이 나타났다.

진하게 타오르는 붉은빛 머리카락을 휘날리는 불의 정령은 중급 정령이었다. 이곳에 나타나면서 눈을 감고 있던 불의 정령이 서서히 눈을 떴다. 그리고 곧 불의 정령의 눈이 휘둥그레졌다.

재현도 불의 정령과 다를 바 없는 표정이었다.

"너는 예전에 그 샐리스트……."

그의 앞에 나타난 샐리스트는 몇 달 전 아프리카 원정에서 오크 로드의 조종을 받았던 정령이었기 때문이었다. 설마 이렇게 만나게 될 줄이야. 샐리스트도 놀란 표정을 지었다.

"반가워 오랜만이야."

옆에서 보고 있던 윤정이 고개를 갸웃거렸다.

"뭐야, 서로 아는 사이였어?"

재현이 고개를 끄덕였다.

"응. 내가 아프리카에 원정 갔을 때 만난 정령에 대해 얘기해 줬지? 오크 로드랑 싸웠을 때의 그 불의 정령이야."

설마 이렇게 인연이 될 줄은 몰랐기에 재현은 정말 놀라고 있었다. 샐리스트가 환하게 웃었다.

"그때는 정말 고마웠어."

"아냐. 당연한 걸 가지고. 그런데 설마 네가 나올 줄은 전혀 몰랐어."

"나도 마찬가지야."

이것을 두고 인연이라고 하던가. 세계 자체가 다른데 이렇게 만나다니. 우연도 이런 우연이 없다고 생각하는 재현이었다.

"그리고 다들 오랜만이야."

샐리스트는 다른 정령들을 보고 반갑게 인사했다. 다들 구면이었다.

"전에 본 썬더러랑 노움은 썬다이넨과 노임으로 진화한 거지?"

"맞아!"

다들 만나 본 적이 있기 때문에 반갑게 인사했다. 오랜만에 재회. 하지만 이곳에서 유일하게 샐리스트와 만난 적이 없는 정령도 있었다. 다크니아스였다.

샐리스트도 다크니아스를 의식한 듯 바라보았다.

"그리고…… 다크니아스는 전에 못 본 것을 보면 새로 계약한 모양이고."

"맞아. 반가워."

"으, 응. 반가워."

살짝 불안한 표정은 지우지 못하고 있지만, 그래도 최대한 티를 내지 않고 인사하는 샐리스트. 다크니아스는 신기한 듯 샐리스트를 바라보다가 재현에게 텔레파시를 보내왔다.

[신기하네. 나를 보고 저렇게 반응해 주다니.]

'다른 정령들의 반응은 어떤데?'

[일부러 대답을 피하고, 시선을 옆으로 거둬. 어떤 정령은 도망치기도 해. 그런데 나를 처음 보고 경계도 심하게 하지 않고 반갑다는 말이라도 해 주다니. 조금 피하는 것 같긴 해도 난 엄청나게 기뻐.]

재현은 눈물이 왈칵 날 것 같았다. 자신은 일상처럼 할 수 있는 대화를 다크니아스는 하지 못하다니.

그간의 마음고생이 얼마나 심했을지 재현은 잘 모르지

만 분명 좋은 생각은 들지 않았을 것이다.

다크니아스가 외롭지 않게 잘 보듬어 줘야겠다는 생각이 들었다.

"그런데 샐리스트. 어떻게 할 거야?"

"뭐가?"

"계약 말이야. 나랑 할래?"

그래도 얼굴을 아는 녀석이랑 할 수 있는 것이 어디인가. 재현은 환영이었다.

"응…… 하지만 걱정이 돼."

"뭐가?"

"네가 날 싫어하게 될까 봐."

재현은 멍한 표정으로 샐리스트를 바라보았다. 싫을 이유가 뭐가 있을까? 딱히 없었다.

"내가 왜?"

"나도 원치 않지만 날 제어하지 못할 때가 있거든."

성격의 문제인 건가? 그런 것쯤이야 얼마든지 받아 줄 수 있었다. 성격은 원래 어쩔 수 없는 문제가 아닌가.

정령들과 계약하면서 성격도 제각각이라는 것을 잘 아는 재현이었다. 정령들 중 다혈질이 충분히 있을 수 있었다.

"그럴 일은 없어."

"솔직히 나는 하고 싶어. 하지만…… 날 미워하게 될지도 몰라."

"……?"

재현은 샐리스트가 왜 이러는 건지 이해를 할 수 없는 표정이었다.

'애들아. 혹시 어둠의 정령이랑 계약하는 것처럼 불의 정령이랑 계약하면 뭔가 있어?'

뭔가가 있었으면 현주가 추천하지 않았겠지만, 혹시 모를 수 있으니 물어보는 재현. 정령들은 고개를 저었다.

[아니, 딱히 없는 걸로 알고 있는데?]

[나도 들어 본 적이 없어.]

[나도…….]

[저도 없어요.]

다들 들어 본 적은 없지만 마지막으로 다크니아스를 바라본다. 다크니아스라면 충분히 알 수 있지 않을까 해서였다.

그러나 다크니아스도 다른 정령들처럼 마찬가지였다.

[계약자에게 영향을 끼치는 정령은 어둠의 정령밖에 없어.]

'그래?'

그럼 다른 이유가 있다는 것이다. 혹시 미워한다는 것이 부정적인 영향이 아니고 스스로의 성격 때문이 아닐까라고 생각했다. 그 정도뿐이라면 충분히 감수할 일이었다.

"괜찮아. 난 미워하지 않으니까."

"······정말?"

"다크니아스도 미워하지 않는걸? 봐 봐. 다들 허물없이 잘 지내고 있다고."

계약자에게 직접적인 영향을 끼치는 정령과도 계약했는데 성격 나쁜 정령과 계약한다고 달라지지 않는다. 정말 성격이 문제라면 자신이 옆에서 좀 잡아 줘도 될 문제다.

"알겠어. 실수하지 않도록 노력할게."

재현은 고개를 끄덕였다. 솔직하게 말하는 데다 노력하려고 하는 것을 보니 나쁜 녀석은 아닌 것 같았다.

곧 그들의 주위로 붉은빛이 일어나기 시작했다.

"정령 샐리스트는 인간 박재현과 정령의 계약을 통해 서로의 감정을 공유하고 돕기로 이 자리에서 약속한다."

"인간 박재현은 정령 샐리스트와 정령의 계약을 통해 서로의 감정을 공유하고 돕기로 이 자리에서 약속한다."

"나 정령 샐리스트는 언제나 힘이 되어 계약자를 돕기로 맹세하고."

"인간 박재현은 계약자로서 정령 샐리스트에게 힘이 되어 주도록 맹세한다."

붉은빛의 세기가 강해지며 그들을 맹렬히 휘어 감았다. 어깨에 화끈한 통증이 느껴지기 시작했다.

"이 자리에서 정령 샐리스트와 인간 박재현은 계약 관계를 뛰어넘어 친구가 되기로 약조한다."

빛이 절정에 달하고, 사방으로 퍼진 후, 다시 그의 몸속으로 스며들어 온다. 그의 이마에서 차갑고도 딱딱한 느낌이 들며 주황색의 빛이 머물다가 사라졌다.

소매를 걷어 오른쪽 어깨를 확인하니 새로운 계약의 증표가 생겨났다.

'이번에는 어깨로군.'

이제는 어디에 생길지 궁금했는데 어깨였다. 다음에 또 계약하게 되면 반대쪽 어깨에 생길 것이리라.

무사히 계약을 마치자 샐리스트가 감사의 인사를 했다.

"고마워, 정말로. 나와 계약해 줘서."

"고맙긴. 내가 더 고맙지."

계약해 줘서 고맙다니. 그건 재현이 할 말이었다. 재현이 원해도 정령들이 원하지 않으면 오지 않게 되니까.

샐리스트의 머리에서 작게 촛불처럼 작은 불꽃이 나타났다. 춤을 추듯 움직이는 불을 보고 신기하다는 듯 바라보며 그가 손을 내밀었다.

"앞으로 잘 부탁해, 샐리스트."

"으, 응. 나도……."

조심스럽게 그와 악수를 하는 샐리스트. 녀석의 머리의 불길이 더욱 거세진다. 감정의 공유 덕분에 기뻐하는 것이 느껴졌다. 샐리스트가 기뻐하니 재현도 덩달아 기뻐졌다.

'어째 뜨거워지는 것 같은…….'

"오빠!"

"재현아!"

다들 다급하게 재현을 불렀다. 왜? 라고 대답도 못 하고 그는 손에서 열기를 느꼈다.

"앗, 뜨거!"

"아, 안 돼!"

샐리스트가 다급하게 손을 휘저었다. 샐리스트가 자신의 몸에 불이 붙은 것을 깨달은 것이다.

다급히 손을 휘저어 끄려고 했지만 오히려 불이 더 강해진다. 그리고 불이 소파에 붙었다.

재현이 다급하게 소리쳤다.

"운다인. 불! 부~울~!"

운다인이 얼른 움직여 소파에 붙은 불에 물을 끼얹었다. 재현도 다급하게 정령화를 하며 화재를 진압하기 시작했다.

재현과 운다인이 화재를 진압하는 동안 윤정과 정령들

은 샐리스트를 진정시켰다.

샐리스트는 재현과 운다인이 화재를 진압할 때쯤 간신히 진정할 수 있었다. 재현은 안도의 한숨을 내쉬며 샐리스트의 머리를 향해 손을 뻗었다.

"샐리스트."

"히익!!"

샐리스트가 머리를 감싸 안으며 주저앉았다. 갈 길을 잃은 그의 손이 허공에 멈춰 섰다.

"샐리스트?"

"죄송해요, 죄송해요, 정말 죄송해요. 제발 때리지 말아 주세요."

부들부들 떠는 샐리스트. 재현이 윤정을 바라보며 다급히 손을 흔들었다.

"아, 아니야. 얘들아, 윤정아! 난 때릴 생각 전혀 없었어! 난 그저 머리를 쓰다듬어 주려고……."

"우리도 알아."

재현이 정령을 함부로 때리거나 할 위인은 아니라는 것을 그간 지내 오면서 잘 아는 바였다.

장난을 치면 장난으로 받아 준다. 자신에게 정말로 해를 끼치려고 하지 않는 이상은 어물쩍 넘어가 주었다.

때린다고 해도 장난스럽게 꿀밤을 먹이는 일만 있을 뿐

이다. 진심으로 때리는 경우는 없었다고 모든 것을 걸고
자신할 수 있었다.

샐리스트의 지금 얼마나 공포스러워하고 있는지 감정으
로도 느껴지고 있었다. 도대체 어떤 이유로 이러는 것인지
모르지만, 일단 진정시키는 것이 우선이었다.

'뭔가 사연이 있는 모양이네.'

다크니아스는 샐리스트에게서 느껴지는 부정적인 감정
을 보고 어깨를 으쓱였다. 무슨 일인지 자세히 모르지만
당분간 재현이 고생할지도 모른다는 생각이 들었다.

Chapter 03
샐리스트를 도와라

간신히 샐리스트를 진정시킨 재현. 샐리스트는 고개를 숙이며 사과했다.

"미안해. 정말로 미안해."

"아냐, 괜찮아. 누구나 실수를 하는 법이니까."

소파는…… 이미 복구 불능이다. 새로 사야 할 것이다. 애초에 화낼 생각은 없었지만 방금 전까지 부들부들 떨던 모습을 본 재현은 화낼 수도 없었다.

"화…… 안 낼 거야?"

"고의로 했다면 화냈겠지만, 일부러 한 것도 아니잖아. 고의로 한 일도 아닌 걸로 화를 내지 않으니까 걱정하지 마."

"응……."

자신의 실수로 인해 불에 타 버린 소파에 시선을 고정시키고 있었다. 이미 망가진 것은 어떻게 고칠 방법은 없었다.

화를 내지 않는다고 하니 안도를 하고 있었지만 불안감은 숨기지 못했다.

'엄청나게 자책하고 있네.'

스스로 한 일에 속상해하고 있다는 것이 느껴졌다. 계약자에게 처음부터 밉보였으니 당연한 반응일지도 모른다. 정작 재현은 그렇게 크게 생각하고 있지 않지만 말이다.

성격 때문일지도 모르지만, 갑자기 방어 행동을 취하듯 머리를 감싸 쥐는 것은 결코 정상적인 반응은 아니었다.

이렇게 행동하는 것에 분명 이유가 있다. 무엇인가 있다는 건 알고 있지만 쉽게 입이 떨어지지 않았다.

아픈 곳을 건드리는 것이 아닌가 싶었다. 하지만 말해 주지 않으면 모른다. 말해 줄 때까지 기다려줄 수는 없다. 원인이 무엇인지 알아야 해결 방법을 찾을 수 있었다.

재현은 샐리스트를 가만히 바라보다가 곧 입을 열었다.

"샐리스트. 무슨 일이 있었는지 내게 말해 줄래?"

"뭘?"

"네가 방어 행동을 취했던 것 말이야. 내가 봤을 때 정상적인 행동은 아니야."

그 모습을 보았을 때 재현이 느낀 바로는…… 왕따를 당하는 아이처럼 보였다. 샐리스트는 씁쓸한 표정을 지었다. 정곡을 찌른 것이다. 이로써 확신할 수 있었다. 샐리스트에게 사연이 있던 것이다.

"혹시 말하기 싫으면 나중에 말해 줘도 돼."

일부러 말하기 싫을 정도로 가슴 아픈 얘기를 하라고 강요할 마음은 없었다. 말하기 힘든 사연은 누구에게나 있는 법이니까.

하지만 샐리스트는 고개를 저었다.

"아냐. 말해 줄게. 이미 지나간 일이니까."

그러나 여전히 씁쓸한 표정은 지워지지 않았다.

오랜 시간 침묵이 흘렀다. 샐리스트는 생각을 정리하고 있었다. 곧 정리를 마친 샐리스트가 간신히 입을 열었다.

"실은 난 이 세계의 인간과 계약을 한 적이 있어. 노르웨이라는 나라에서."

"노르웨이? 북유럽에 있는 나라?"

"응."

가 본 적이 없어 어떤 곳인지는 모르지만 대충 어디에 붙어 있는지는 알고 있었다.

"실은 그 사람도 헌터야. 아니, 헌터였었어."

지금은 아니라는 소리였다. 재현은 가만히 앉아 샐리스트의 말에 귀를 기울였다. 어느새 다들 빙 둘러앉아 샐리스트의 말에 집중하고 있었다.

　"처음에 아르안과 계약했을 때, 그 아이도 나쁜 사람은 아니었어. 심성이 착하고, 여린 아이였지. 몬스터들의 공격이 막바지에 이르렀을 때, 나와 계약을 하게 되었어."

　아르안은 그 계약자의 이름이었다.

　"곧 대규모의 몬스터들이 나타나는 일이 사라지고서 아르안은 헌터로 지내게 되었지."

　시기상으로는 생존의 시대의 막바지, 그러니까 헌터의 시대가 막 시작되었을 때이다.

　"애초에 불의 정령이 불을 조종하지 못한다는 것은 말이 되지 않지만, 나도 처음부터 이러지 않았어. 불의 정령답게 불을 다루고, 계약자의 곁을 지키며 몬스터들을 소탕했지."

　말은 계속 이어진다.

　"하지만 어느 날, 내가 장난을 치다가 아르안의 집을 불태우게 되었어. 커튼에 불이 붙고 걷잡을 수 없이 커지게 된 거야. 불을 없애려고 했지만, 어째서인지 불이 내 마음대로 조종할 수 없게 되었어. 진화시키려고 하면 불길을 더 거세게 만들어 버렸어."

"혹시 그걸로 아르안이 널 버린 거야?"

집을 태우면 확실히 화가 날만도 할 것이다. 하지만 그렇다고 정령을 막 대할 수 있을까?

헌터의 시대가 시작되었을 때의 수정체 가격은 부르는 게 값이었다고 알고 있다. 몬스터 가죽이나 그런 건 불에 검게 그을려 쓸모없어졌다고 하더라도 수정체만 팔아도 집을 구하고 가구까지 전부 들일 여력은 충분했을 것이다.

당시의 인식으로 헌터는 백만장자라는 인식이 강했다. 지금은 헌터로 일한다 하더라도 생각보다 돈을 많이 버는 사람은 그렇게 많지 않았다. 재현은 예외로 두고 말이다.

생존의 시대 당시 몬스터들에게 헌터들이 많이 전사했기 때문에 몬스터를 사냥할 헌터의 수가 압도적으로 부족했다.

지금은 헌터들이 늘어나고, 민간 헌터들까지 생긴 덕분에 수정체의 가격이 많이 낮아진 것이다.

샐리스트는 고개를 저었다.

"아냐. 아르안은 오히려 괜찮다고 날 위로해 줬어. 하지만…… 그 이후로 어째서인지 나는 제대로 불을 다룰 수 없게 되었어. 웃긴 일이지? 불의 정령이 불을 제대로 다루지 못하다니 말이야."

자신을 타박하듯 말하는 샐리스트. 스스로 자책하는 모

습을 보니 마음이 미어졌다.

"그 때문에 중요한 순간 불을 사용하지 못해서 아르안은 여러 번 죽을 위험을 넘나들게 되었어. 결국 아르안은 바람의 정령인 실프와 계약을 하게 됐어. 그리고 나는 그 때부터 뒷전이 되어 버렸지."

샐리스트는 자신 외에 정령과 계약을 하는 건 상관은 없었다고 한다.

정령들은 계약자가 다른 정령과 계약을 해도 딱히 개의치 않았다. 친구가 한 명 더 생기는 것이기 때문에 오히려 더 좋아했다.

"그래도 난 상관없었어. 아르안과 함께 있을 수 있다는 것만으로도 행복했으니까."

샐리스트가 미소를 지었다.

"하지만 아르안은 그것이 아니었나 봐. 날 짐 덩어리 혹은 트러블 메이커라고 생각했겠지. 감정의 공유를 끊었을 때 버림을 받았다는 걸 알았어야 했는데."

아무렇지 않듯 말하고 있지만, 재현은 전혀 괜찮지 않다는 걸 알고 있었다. 샐리스트는 누가 봐도 억지로 미소 짓는 것이었다.

"아르안은 날 소환하지 않고 실프만 소환하게 되었지. 그래도 나는 아르안을 믿었어. 꿋꿋이 버티고 안부도 물었어. 대답은 간단했지만 언젠가 날 다시 찾아 줄 거라고 믿었지. 그리고 그 믿음이 찾아오는 것 같았어. 어느 날 갑자기 아르안이 날 소환을 한 거야."

지금까지의 괴로운 감정은 아무것도 아니라는 듯 전해져 오자 재현의 마음을 더욱 미어지게 만들었다. 샐리스트 외에 모를 감정이 그에게 전달된다. 샐리스트는 하소연을 하듯 멈추지 않고 계속 말을 이었다.

"아르안이 날 소환해 줘서 난 정말 기뻤어. 드디어 다시 날 찾아줬으니까. 쌓였던 속상함이 싹 사라지는 것 같았지. 하지만 아르안은 평소랑 많이 달랐어. 술에 취해서 날 때리기 시작한 거야. 나는 얼른 정령계로 돌아갔어. 그래, 술에 취해서 그런 거라고 생각했어. 하지만 이튿날 나에게 사과를 하지 않았어. 내가 아르안을 신뢰하지 않게 된 건 그때부터였어."

거기까지 얘기하고 샐리스트의 몸이 크게 떨리기 시작했다.

그 당시의 일이 떠올랐는지 모든 공포와 두려움이 그에게 전달되었다. 더 이상 말하기 곤란해 보였다.

"샐리스트. 그간 고생이 많았구나."

'그렇게 된 거였군.'

여기까지 듣고서 재현은 어떤 사례인지 알 수 있었다.

예전에 운디네가 운다인이 되기를 거부했을 때 정령에 대해 조사하면서 봤던 사례였던 것이다. 그 이후 어떻게 되었는지 다른 이들은 모를 것이다.

계약자에 대한 신뢰를 잃어 중급 정령이 되기를 거부하고, 소환에 응하지 않게 된 후, 계약자는 영원히 정령과 계약할 수 없는 몸이 되어 버렸다고 했다.

인과응보라고 할 수 있다.

'그나저나 정령을 때려? 이렇게 귀여운 애를?'

마음 같아서는 지금 당장 노르웨이까지 그 녀석을 찾아가 얼굴에 주먹을 꽂아 주고 싶었다. 이렇게 마음이 여리고 작은 것에도 기뻐할 줄 아는 아이를 때리다니. 그리고 당시에는 중급 정령도 아니고, 초급 정령이었다.

고작 15센티미터밖에 되지 않는 정령을 때리고 싶었을까? 설사 술에 취해 인사불성이 되었어도 사과를 하는 것이 맞았다. 그런 녀석은 정령사의 자격이 없었다.

서로를 항상 지켜 준다는 약속이 바로 정령과 인간의 계약 의식이 아니던가. 주종 관계가 아닌 친구일 뿐이다.

친구에게 강압적으로 명령하고, 때리는 것은 말이 안 된다. 친구끼리 싸울 수는 있어도 한쪽이 자신의 힘을 이용해 찍어 눌러 상처를 주는 것은 친구라고 볼 수 없었다.

'개자식. 그냥 죽여 버릴까?'

스멀스멀. 그의 주위로 어둠의 기운이 나타나기 시작하자, 다크니아스가 그의 소매를 잡아당겼다.

"재현아."

".......나도 알고 있어."

샐리스트의 부정적인 감정에 영향을 받고, 화가 난 덕분일까?

재현의 속이 부글부글 끓어오를 것 같았다. 그는 애써 진정하며 어둠의 기운을 정화했다. 조금 진정은 되는 것 같지만 별로 차이가 없었다.

"그래도 나 때문에 아르안이 평생 정령과 계약할 수 없게 되었어. 오랫동안 헌터로 지낸 탓에 다른 할 수 있는 일이 얼마 없을 텐데. 난 그게 걱정이 돼."

이와 중에도 전 계약자를 걱정하는 샐리스트. 계약자의 죽음으로 계약이 만료된 것이 아니라 신뢰를 잃어 취소된 정령 계약이다.

운다인, 썬다이넨, 메타이온, 노임과 다르게 샐리스트의 전 계약자가 사고를 당하지 않았다면 아직도 살고 있을 것이다.

길거리에서 지내든, 어디 사고 나서 죽었든 재현의 입장에서는 딱히 궁금하지 않았다.

면식도 없고, 남이기 때문이다. 하지만 아르안과 오랫동안 지내 온 샐리스트는 다른 모양이다.

그런 일을 당해서 지금까지도 두려워하고 있는데 걱정을 하다니. 이 얼마나 마음이 여린 정령이란 말인가!

'이렇게 보면 정령들은 하나같이 순수하단 말이야.'

조금 부정적으로 생각했던 다크니아스도 알고 보면 순수한 녀석이다.

정령들에게까지 본능적으로 거부를 많이 당하기 때문인지 외로움을 많이 타서 재현의 옆을 항상 지키고 있었다.

"샐리스트."

"응?"

"힘든 게 있으면 말해. 내가 옆에 있어 줄 테니까. 나는 결코 널 버리지 않을 거야. 항상 옆에서 얘기를 들어 줄게. 기쁜 일, 슬픈 일, 그 외 여러 가지."

"하지만…… 정말로 날 미워할 수 있는데?"

아직도 그 소리인가? 하기야, 이제 계약한 지 얼마 지나지도 않았다. 모르는 게 당연했다.

"미워하지 않아. 말했잖아. 고의로 한 게 아닌 일에는 화를 내지 않는다고. 그리고 실수를 해도 운다인이 있잖아. 운다인이 재빨리 막아 줄 거니까 걱정하지 마."

"맞아!"

운다인이 맡겨 달라는 듯 가슴을 팡팡 때리며 자신 있게 소리쳤다. 재현은 가슴에 손을 얹으며 말했다.

"네가 가지고 있는 괴로움을 한 톨도 남김없이 털어 줄 게!"

정령에게 문제가 있으면 계약자가 그 문제를 해결해 준다. 샐리스트와 계약을 한 이상 그 몫은 온전히 재현에게로 돌아온다.

결코 신뢰를 잃지 않을 것이고, 그 상처를 보듬어 줄 자신이 있었다. 샐리스트가 미소를 짓자 머리에 촛불처럼 작은 불꽃이 피어올랐다.

"응, 알았어. 나도 노력할게."

재현이 크게 고개를 주억였다. 지금 당장 해결할 수 있는 일이 아니다. 마음의 상처란 것은 원래 쉽게 치유할 수 없는 일이기 때문이다.

샐리스트는 그가 생각하는 것 이상으로 분명 큰 상처를 안고 있을 것이다.

치유를 하는 데 장시간 투자해야 할 것이다. 완벽하게 치유하지는 못하더라도 최소한 그 상처가 덧나지 않게 해 줄 생각이었다.

"우리도 도와줄게."

운다인이 중간에 치고 들어왔다. 이어서 썬다이넨도 합류했다.

"어쩌면 재현이보다 우리가 더 믿음직스러울지도 몰라. 우리에게 맡겨!"

"썬다이넨. 내가 그렇게 믿음직스럽지 못했니?"

물론 장난이란 것은 알고 있지만 그렇게 말하니 살짝 서운한 감이 없잖아 있었다. 썬다이넨은 헤헤 웃으며 혓바닥을 내밀었다.

"언제든…… 말만 해. 자고 있어도…… 언제든 대답해 줄게……."

"저, 저도 믿음직스럽지 못할지도 모르지만…… 힘이 닿는 곳까지 도와줄게요!"

각자 한마디씩 하고 이어 다크니아스에게 시선이 집중되었다.

"다들 왜 날 쳐다봐?"

메타이온이 손가락으로 다크니아스를 가리켰다.

"다크니아스도…… 한마디……."

"나, 나도?"

자신은 좀 빼 주면 안 되냐는 표정이지만 이미 정령들은 다크니아스에게 시선이 꽂힌 상황이다.

샐리스트도 바라보고 있는 와중이라서 빼기가 곤란했다. 다크니아스는 뺨을 긁적였다.

"나는 뭐…… 재현이가 첫 계약자라서 경험이 거의 없어.

도움이 안 될지도 모르지만 최대한 노력해서 도와줄게."

훈훈한 분위기를 알아서 만들어 가는 정령들. 재현과 윤정이 그것을 보며 흐뭇하게 웃었다.

"정말 훈훈하네."

"그러게. 이런 맛에 내가 정령들을 좋아하는 거지."

자신이 정령사가 될 수 있게 처음으로 다가와 준 운다인이 이렇게 고마울 때가 없었다. 그는 한 가정의 아버지처럼 정령들을 보고 미소를 지었다.

"그러고 보니 오빠는 정령들에게 적극적이면서 자상하네. 다크니아스 때도 그랬고."

"정령들 귀엽잖아. 워낙 순수하고 말이야. 나도 모르게 막 돕고 싶고 그러더라고."

"그리고 멋진 대사도 주저하지 않고 말이지."

"멋진 대사? 내가 뭐라고 했어?"

딱히 멋진 대사를 한 기억이 없는데. 문득 불안함이 몰려오는 이유는 왜일까?

"뭐라고 했더라? 네가 가지고 있는 괴로움을 한 톨도 남김없이 털어 줄게! 난 정말 멋있다고 생각해. ……푸흡!"

"……."

윤정이 서둘러 고개를 돌리며 웃음을 꾹 참았지만 이미 늦었다. 덕분에 재현은 자신이 무슨 말을 했는지 상기하고 얼굴이 시뻘겋게 달아오르기 시작했다.

손발이 오그라들려고 하는 재현.

말할 때는 별생각이 없었는데 다시 생각하니 왜 그런 말을 했을까 진심으로 후회가 밀물처럼 몰려왔다.

못 말린다는 듯 그의 허리를 손가락으로 꾹꾹 찌르는 윤정. 재현이 피식 웃었다.

"그래도 멋있는 말이긴 해."

"나 놀리는 거지?"

"놀리기는. 내가 오빠를 왜 놀려. 그냥 오빠가 나를 위한 멋있는 말은 평생 안 해 주려나 하고 생각하고 있었어."

"혹시 질투하는 거야?"

"아~~니. 꼭 그런 건 아니지만 정령에게만 편애하는 기분이라서 말이지~ 둘만 있을 때는 나에게 좀 더 애정을 쏟아 줬으면 해서~~"

나긋하게 말하며 손가락을 그의 허벅지에 대고 원을 그리는 윤정. 그녀가 하고 싶은 말이 무엇인지 눈치챈 재현이 피식 웃었다. 오늘은 힘을 좀 더 써 볼까 생각하면서 문득 한 가지 생각이 떠올랐다.

'그러고 보니 샐리스트가 불을 제대로 다루지 못한다고?'

그것은 확실히 문제가 있었다. 전력을 위해 계약을 한

것이긴 하지만…… 별수 없다고 생각했다.

이 문제는 차차 해결하면 될 일 아니겠는가. 지금 당장 급한 것도 아니기 때문이다.

그 문제는 잠깐 뒤로 제쳐 두고 새로 생긴 친구들과 친목을 다지고 있는 샐리스트에게 집중하기로 했다.

'그런데 전 계약자를 여전히 무서워하면서 걱정한다라……'

다른 건 몰라도 이건 도와줄 수 있지 않을까 생각한 재현이 무슨 생각을 하는지 깊은 고민에 빠지기 시작한다.

＊　　＊　　＊

이튿날, 재현은 장영철이 급하게 불러 서울로 이동했다.

무슨 일이냐고 묻자 일단 오라고 일방적으로 통보해서 이유는 모른다.

어차피 한동안 집에서 쉬고 있었기 때문에 시간적으로 여유로웠다.

윤정은 오늘 급한 환자가 있다면서 퇴근도 못하고 있기 때문에 눈치 보지 않고 갈 수 있었다.

차를 끌고 서울로 이동한 그가 도착한 곳은 홍대. 주차해 둘 곳을 이리저리 배회하다가 간신히 하나 찾을 수 있었다. 주차를 마치고 시간을 확인하는 재현.

시간은 정확히 오후 6시였다.

퇴근 시간과 혼잡한 도로가 만나는 덕분에, 홍대 근처에 도착했을 때 꽤 밀렸다. 다행히 조금 일찍 출발한 덕분에 약속 시간에 맞춰서 올 수 있었다.

약속 장소는 술집. 그가 안으로 들어가자 눈에 띄는 곳에 장영철이 앉아 있었다.

약속 장소에 도착하니 장영철만 아니라 류진아, 김재하가 자리에 앉아 있었다. 장영철과 재현은 서로 시선이 마주쳤다.

"오, 이제야 왔군!"

류진아와 김재하도 같이 있었지만 자리는 충분했다.

재현은 그들에게 향하고 한 명이 더 앉아 있다는 걸 알 수 있었다.

"어? 스승님도 있었던 거예요?"

앉아 있는 사람은 바로 현주였다.

"네. 어쩌다 보니 서울에서 만나 끌려온 거지만요."

고개를 절레절레 저으며 한숨을 내쉬는 그녀. 장영철이 하하하 웃었다.

"우연히 만난 김에 밥 먹으러 가는 건 옛날부터 있던 일이었잖아. 뭘 새삼스럽게. 설마 꼬맹이는 벌써 그때를 잊은 거야?"

"그걸 어떻게 잊나요. 바쁘다는 사람 억지로 끌고 가서 미성년자에게 술 먹이겠다고 하던 당사자가 눈앞에 있는데요."

"누가 그랬는데?"

"누구라고 콕 집어 말씀드려요?"

이미 모든 이들의 시선은 장영철에게 향해 있었다. 장영철은 하하 웃으며 어물쩍 넘겨 버렸다.

재현은 어색하게 웃으며 의자를 끌어다 앉았다.

안주는 이제 막 온 듯 끓고 있지 않았다. 술안주로 적당한 어묵탕이었다. 그들의 잔에는 모두 소주가 채워져 있다.

"술 마시자고 불렀던 거였어요?"

"급히 부르면 당연히 그런 거 아니겠나?"

류진아는 한숨을 내쉬고 있고, 김재하는 어깨를 으쓱이며 시선을 피한다. 반면 현주는 기가 차다는 표정이다.

장영철은 술병을 들고 그에게 내밀었다. 재현은 차를 끌고 왔는데 술을 마셔도 될까 생각이 들었다.

'안 되겠다 싶으면 정화수를 마시면 되니까.'

참고로 정화수는 알코올 해독에도 뛰어난 효능이 있다. 아무리 만취한 상태라도 정화수 한 병이면 한 시간 내로 다시 멀쩡해질 수 있었다.

망설임은 잠깐. 그가 공손히 잔을 들어 두 손으로 술을 받았다.

"두서없이 오라고 하는 건 예나 지금이나 여전하신 모양이네요, 장영철 아저씨."

"사람이 쉽게 변하면 쓰나. 즐길 때는 다 함께! 원래 아무것도 모르고 있다가 술을 얻어먹으면 기분 좋잖아?"

"그러기보다 최소한 부르는 사람의 스케줄을 물어보고 시간을 맞추는 게 예의라고 보는데요?"

"사람이 그렇게 딱딱하게 살다간 삶의 재미가 없어져. 때로는 생각지도 않았는데 누가 술을 사 줘 봐. 얼마나 재밌어지냐."

현주는 아예 대화를 포기한 상황이었다. 뭐라고 말해도, 따져도 듣지 않을 사람이다. 어쩜 사람이 옛날부터 변한 게 없는지 신기할 따름이다.

"저야 뭐, 당장 급한 건 없었으니 상관은 없지만요."

"그래, 옳은 말이야. 꼬맹이, 사람은 이렇게 쿨해지면 되는 거야. 꼬맹이도 제자를 보고 배우라고."

"아저씨에게 배우느니 다섯 살 꼬마 아이에게 배우는 게 낫겠군요."

"하하하! 녀석. 그놈의 입은 여전하구나."

장영철은 전혀 신경 쓰는 기색도 없이 웃어 재낄 뿐이다. 장영철은 오늘따라 유독 들떠 보였다.

"사실 늦었지만 꼬맹이의 승급을 축하하는 의미로 만든 거다. 여태까지 꼬맹이가 그렇게 강해져 있을 줄 전혀 상상도 못 했지 뭐야. 연락도 안 됐고 말이지."

대한민국에서 다섯 명밖에 없다는 마스터 헌터.

그중 한 명이 현주다. 그들도 그녀가 마스터 헌터라는 것을 알았을 때는 믿기지 않았을 것이리라.

장영철은 들 떠 있어도 술집에서 마스터 헌터라는 말을 꺼내지 않았다. 마스터 헌터의 신상이 팔려서 좋을 게 없기 때문에 말을 교묘하게 피하는 것이다.

"우리에게도 비밀로 한 건 서운하지만. 어쩔 수 없는 거잖아. 애초에 현주 네가 남에게 막 알리는 사람도 아니었고."

류진아가 현주를 바라보며 미소를 지었다. 꽤 오랫동안 알고 지냈던 사이였기 때문에 서로의 성격에 대해 잘 알고 있어 이해해 주는 것이었다.

김재하는 조명 빛을 모으며 구체를 만들어 가지고 놀면서 말했다.

"연락이 안 될 때는 무슨 일 있는가 걱정했는데, 무슨 사연이 있겠지 생각했을 뿐이야. 현주가 어렸어도 누구보다 의지되는 아이였었거든."

"후후. 제가 그런 사람이었나요? 평이 좋은 걸 보니 대인 관계가 나쁘지 않았나 보네요."

"시체가 길거리에 아무렇지 않게 나뒹구는 최악의 시대에서 웃으면서 지낼 수 있게 해 준 게 네 덕분이었으니까. 게다가 네가 구해 준 헌터들도 꽤 되고 말이야. 네가 아니었으면 우리도 살아남지 못했을걸?"

재현의 입장에서는 흔치 않은 일이기 때문에 공감하지는 못했다. 그러나 한 가지 알 수 있는 것은, 현주는 어린 나이에도 꽤 대단한 헌터로 분류되었다는 것이다.

그렇게 이야기를 나누고 있으니 어느새 어묵탕이 부글부글 끓기 시작했다. 안주도 다 되었고, 술도 마련되어 있으니 지금부터 술을 기울일 시간이었다.

"이렇게 된 거 꼬맹이의 주량 좀 확인해 보자. 꼬맹이가 술 마시는 걸 보는 건 오늘이 처음이라고."

성인어 되었을 즈음에 길드에서 탈퇴 신청을 하고 연락이 두절되었으니 만날 경황이 없었다. 현주가 자신 있는 표정으로 후후 웃었다.

"제 주량이요? 아저씨가 좀 버거워하실 것 같은데요."

"오호? 꼬맹이의 주량이 만만치 않나 보구만? 내 주량은 상상 이상으로 세다고?"

"저도 세니까 상관없어요."

그녀가 술이 얼마나 센지는 모르지만 확실히 잘 마시는 걸로 알고 있었다. 바비큐 파티 때 물처럼 들이키는 걸 본 적이 있기 때문이다.

현주가 재현의 무릎을 손가락으로 톡톡 쳤다. 그녀를 바라보니 눈빛으로 아래를 향했다. 재현의 시선이 아래로 향하니 그녀가 휴대폰을 들고 그에게 보여 주었다.

[혹시 모르니 정화수를 부탁드려요, 제자님.]

피식.

재현이 실소를 머금었다. 정화수의 효능을 잘 알고 있는 현주였다. 설마 그녀가 짜고 치자고 할 줄은 몰랐다.

"지금 뭐 하나?"

테이블 아래를 바라보는 재현을 보고 묻는 장영철. 그는 즉시 재치를 발휘하며 현주의 휴대폰을 낚아챘다.

"스승님의 휴대폰이 떨어져서요."

"그래?"

장영철은 별다른 의심도 하지 않고 고개를 주억일 뿐이다.

"다들 하는 거지?"

류진아와 김재하가 고개를 내저었다.

"난 포기. 절대 안 할 거니까 억지로 먹이지 마."

"나도. 내일 쉰다고 해도 감당 안 된다."

장영철이 작정하고 마시면 다 같이 죽자고 마셔야 하기 때문에 미리 포기 의사를 나타냈다. 그가 재현을 바라보았다.

"자네는 어떤가?"

"차를 끌고 왔으니 저도 조금만 마실게요."

"그럼 일대일이겠군. 뭐, 그것도 나쁘지 않지만."

장영철이 씨익 웃어 보이자, 현주의 얼굴에도 미소가 가득해졌다. 이미 승패는 정해진 것이나 다름이 없었다. 뻔한 결과였다.

장영철이 언제까지 버티느냐의 싸움이었다. 이 사실을 아는 사람은 재현과 현주 단 두 명뿐이었다.

짠!

그들의 잔이 부딪쳤다.

*　　　*　　　*

그렇게 얼마나 지났을까. 시간을 보니 여덟 시가 넘었다.

세 시간 동안 거의 쉬지 않고 마신 장영철은 결국 인사불성이 돼서 류진아와 김재하가 데리고 갔다.

현주는 재현이 주는 정화수 덕분에 취하지 않고 멀쩡히

두 다리로 서 있을 수 있었다.

"역시. 장영철 아저씨는 술이 엄청 세네요. 정화수가 없었으면 제자님 앞에서 못 볼 꼴 보일 뻔했어요."

장영철에게 미안한 생각이 든 재현은 어색하게 웃을 뿐이다. 다들 집으로 돌아갔으니 재현과 현주도 집으로 향하면 됐다.

정화수가 체내의 알코올을 빠르게 해독해 준다 해도 아직 술기운이 조금은 남아 있다.

술을 적당히 마신 재현이나 많이 마신 현주나 술기운에 얼굴이 빨갛게 달아올랐다.

잠시 밖에서 바람을 쐬며 쉬었다가 가기로 하며 얘기를 나누기로 했다. 그리고 샐리스트의 얘기를 해서 어떻게 할지 조언을 구하고자 했다.

그는 잠시 정령과의 공유를 끊었다. 정령들은 잠시 재현의 모습을 볼 수 없을 것이다.

"스승님. 저 불의 정령이랑 계약했어요."

"오우거한테 당하고 저와 하산하면서 한 얘기를 바로 이행한 건가요? 혹시 어떤 등급의 정령과 계약했죠? 상급 정령?"

"그럼 좋았겠지만 정령력이 버티지 못할 테니 중급 정령과 계약했어요."

현주가 고개를 크게 주억였다.

"잘했군요. 단기적으로 볼 때는 상급 정령이 좋겠지만, 장기적으로는 중급 정령이 더 좋습니다. 더 많은 수의 정령들을 소환함으로써 친화력을 높일 수 있고, 또한 그만큼 정령력을 쌓을 수 있을 테니까요. 알려 주지 않았는데 이리저리 계산한 것 같군요."

그런 것까지 하나하나 고려하지는 않았지만 맞는 말이었다. 아니라고 하면 무안해할 것 같아서 그냥 가만히 있기로 했다.

"불의 중급 정령이면 샐리스트로군요."

"네."

"기술은 직접 눈으로 확인하셨죠? 전투 때 활용하면 분명 큰 도움이 될 거예요."

정령과 계약하면 가장 먼저 확인하는 것이 정령의 전투기술이다.

미리 보아야 어떤 상황에서 기술을 쓸지 알 수 있기 때문이다. 하지만 재현은 샐리스트의 기술을 본 적이 없었다.

"그런데 조금 문제가 있어요."

"무슨 문제죠?"

"샐리스트가 자신의 기술을 잘 다루지 못해요."

정령이 자신의 기술을 잘 다루지 못한다니. 그런 말은

처음 들어 본 것이기 때문에 현주는 의아한 표정을 감추지 못했다.

"그런 얘기는 처음 듣는군요."

"네. 제 정령들도 돕고 싶어 하는데, 그런 경우는 들어 본 적이 없어서 도와주질 못하고 있어요."

"확실히 그렇겠군요. 들어 본 적도, 유례도 없는 일일 테니까요."

무엇보다 전투에 나서야 하는데, 이 상태를 극복해야 하지 않으면 곤란해지는 것은 재현이었다.

재현의 성격상 정령을 미워하지 않겠지만 불편을 감수해야 했다.

"제가 돕고 싶지만 이런 경우는 처음이라 돕지는 못하겠군요."

현주도 정령사를 오래했지만 정령에게 문제가 있으면 어떻게 하지 못한다.

자신이 겪었던 일을 바탕으로 재현을 가르치는 것이기 때문에 자신이 겪지 못한 것은 말해 주지 못한다.

결국 같이 도울 수는 있어도 명쾌한 해결을 해 주지 못한다는 것이다.

"제가 봤을 때는 정신적 충격으로 인해 생긴 일 같은데 그 충격에서 벗어나게 해 주면 나아지지 않을까 싶어요.

설사 기술을 마찬가지로 제대로 다루지 못해도 마음 푹 놓을 수 있게 해 주고 싶어요."

"몇 번이나 느낀 거지만, 제자님은 정령에게 상냥한 분이시군요."

현주가 빙그레 웃었다.

"정령들이 제자님을 좋아하는 이유를 알겠습니다. 게다가 제자님은 정령만 아니라 사람의 마음을 움직이는 힘이 있는 것 같아요. 저도 힘이 닿는 곳까지 돕고 싶습니다."

그녀도 도와준다고 하니 재현은 부담감이 줄어든 기분이었다.

"샐리스트가 어떤 일을 당했는지에 대해서 말하는 게 좋겠네요."

현주가 경청하겠다는 듯 그를 가만히 주시한다. 재현은 샐리스트에 대한 얘기를 시작했다.

샐리스트가 해 준 얘기를 모두 현주에게 해 준다. 한동안 그의 말에 집중하던 현주는 얘기를 다 듣고서 심각한 표정을 지었다.

"저도 예전에 사례에서 본 적이 있습니다. 노르웨이의 헌터였던가요? 그걸 보고 왜 그러나 싶었었죠."

나라나 이름은 언급하지 않고 샐리스트의 전 계약자라고만 했는데 정말 사례를 본 것 같았다. 알고 있으니 얘기는 쉬울 것 같았다.

"그 왕따를 당한 정령이 지금 계약한 샐리스트예요."

"설마 폭행까지 할 줄은 전혀 몰랐습니다. 사례에는 그렇게 자세히 써 놓지 않았으니까요."

아니면 조사하는 과정에서 여러 가지 일을 빼먹고 말한 것일 수 있다는 생각이 들었다.

"전 샐리스트가 상처를 간직한 채 지내는 건 원치 않아요. 완전히 치료해 주지는 못하겠지만 저와 있는 동안 잊게 해 주고 싶어요. 아니면 마음을 덜어 내게 해 주고도 싶고요."

이제 막 계약한 샐리스트에게 이토록 열정적으로 해 주려고 하니 놀라울 따름이다. 그는 결코 겉으로 멋있게 말하는 것이 아니었다. 재현의 눈빛은 진심이었다.

'후후, 제가 젊었다면 제자님에게 넘어갔겠군요.'

이런 사람은 어디서 쉽게 찾아볼 수 없었다. 현주도 한 가지를 배운 기분이었다. 자신이 정령들에게 못했다고 생각하지 않지만 한 번쯤 돌아볼 계기는 될 것 같았다.

"제자님은 정령을 정말 좋아하시는군요. 계약한 지 얼마 안 됐어도 동등하게 대해 주시고."

"네. 정령사잖아요. 계약한 기간은 중요하지 않아요. 저와 계약한 정령들을 제가 보살펴 줘야죠."

"제자님의 정령들은 정말 행복한 정령들이겠군요."

그러더니 현주가 휴대폰을 꺼내며 물었다.

"일단 샐리스트는 전 계약자를 두려워하면서도 걱정한다고 하셨죠?"

"네."

"그렇다면 일단 해 보는 게 좋을지도 모르겠군요."

그러더니 그녀가 누군가에게 전화를 걸었다. 잠시 후, 그녀가 입을 열었지만 재현이 모르는 언어가 튀어나오고 있었다.

말을 하고 있는 것이 확실한데, 무슨 말을 하고 있는 건지 전혀 모르겠다.

한동안 누군가와 대화를 하고 있는데, 현주가 그에게 물었다.

"제자님. 그 헌터가 누구인지 혹시 아시나요?"

"이름이 아르안이라는 것밖에 몰라요."

"그 정도면 충분합니다."

그리고 전화한 상대와 또다시 한동안 통화를 하다가 통화를 종료했다. 재현이 그녀를 바라보니 빙그레 웃으며 주머니에 휴대폰을 넣었다.

"평소 알고 지내던 노르웨이의 마스터 헌터에게 전화했습니다."

"왜요?"

"그 사람이 노르웨이에서 영향력이 크거든요. 지금은 헌터가 아니라고 하니 쉽게 찾을 수 있을 겁니다."

자신의 말을 이해하지 못한 것인가 싶어 크게 당황하는 재현이지만, 현주는 손을 휘저었다.

"걱정하고 있다는 건 아직 그 헌터와 대화할 의사가 있다는 뜻입니다. 그리고 허심탄회하게 얘기를 나누면 그 걱정거리가 사라질 수도 있겠죠."

"그 헌터가 샐리스트를 증오하고 있어서 욕하면요?"

그럼 더 큰 상처를 입지 않을까 생각한다. 그러나 현주는 평소와 달리 씩 웃었다.

"안 되면 부모님 안부라도 물어보라고 하세요. 정령들도 스트레스를 받는다고 하니 욕을 하면 좀 풀어지겠지요."

"……."

"농담입니다. 정령들이 욕을 할 리 만무하겠죠."

개체마다 다르겠지만, 대체로 욕을 하는 정령은 본 적이 없었다. 그간 정령들과 지내 오면서 들은 욕은 바보 정도 였으니 말이다.

"저는 그저 포석을 마련해 주려는 겁니다. 만날지 말지 의 결정은 샐리스트가 하는 거지요. 강요는 안 합니다."

전화번호만 알아낸다 하더라도 언제든 영상 통화를 할

수 있을 것이다. 당장은 싫다고 해도 나중에는 만나 보고 싶어 할지 모른다. 그때를 대비해 일단 미리 준비하는 것도 나쁜 생각은 아닐 것이라 생각했다.

*　　　*　　　*

그렇게 일주일이란 시간이 지나고, 평소처럼 일상을 보냈다. 샐리스트의 이야기를 들어 주고, 정령들과 대화를 나누는 일상.

어둠의 기운에 익숙해지기 위한 수련을 하고 있는 재현의 휴대폰에서 벨소리가 요란스럽게 울렸다.

액정을 확인하니 현주에게서 온 것이었다. 그가 전화를 받았다.

"예, 스승님."

[제자님. 그 노르웨이의 헌터를 알아냈어요. 지금 제가 문자로 번호 보내드릴게요.]

수련을 하던 도중 그가 자리에서 벌떡 일어났다.

잠시 후, 현주에게서 문자가 도착했다. 전화번호가 아닌 아이디였다.

스카이콜 아이디라고 쓰여 있었다.

게임이나 영상 통화를 할 때 돈을 들이지 않고 컴퓨터로 통화를 할 수 있는 프로그램이었다.

재현은 정령들과 놀고 있는 샐리스트를 바라보았다.

"샐리스트. 너에게 중요한 말이 있어."

"뭔데?"

재현이 진지한 표정을 지었다. 그가 정말 진지한 표정을 지을 때는 중요한 일이라는 것을 아는 정령들.

무엇인지 모르지만 일단 샐리스트와 함께 다들 빙 둘러 앉았다.

그는 이야기를 시작하기 전 물을 마셨다. 다들 침묵을 지키며 재현을 바라만 보았다.

"전에 아르안이라는 사람이 걱정된다고 했었지?"

"응."

"혹시 만나고 싶지 않아?"

"아직 그럴 용기는 없어. 하지만 걱정이 되는 건 사실이 야. 혹시 아르안이 어떻게 지내는지 알고 있는 거야?"

격앙된 목소리가 된 샐리스트. 현주의 말대로 정말 만나 고 싶은 생각도 있던 것 같았다. 그는 고개를 저었다.

"아니, 전혀 몰라."

재현이 받은 것은 그저 프로그램의 아이디일 뿐이다. 이 제 막 아이디만 받은 것이기 때문에 전혀 모른다.

"하지만 예전부터 신경이 쓰여서 말이야. 이러려고 의

도한 건 아니지만 어쩌다 보니 일이 이렇게 됐어. 직접 만나는 건 무리라고 해도 그 사람과 연락할 방법이 생겼어. 얼굴을 보면서 대화를 나눌 수 있어."

"······."

샐리스트가 침묵한다. 어떻게 해야 할지 걱정이 가득한 얼굴이었다.

"내가 안 하면······ 미워할 거야?"

미워하느냐는 말을 뭘 그렇게 자주 하는 것인지. 그만큼 아직 인간에 대한 불신이 남아 있는 증거라고 볼 수 있었다.

"하지 않는다고 해도 난 상관없어. 고작 그걸로 미워하지도 않아. 절대 강요하는 게 아냐. 네가 하고 싶으면 말해. 내가 언제든 얼굴과 목소리를 보고 들을 수 있게 해 줄게."

두려움과 만나고 싶다는 마음이 교차하며 머리가 복잡해지는 샐리스트.

재현은 샐리스트의 의견을 존중할 생각이었다. 전 계약자와 이야기를 하고 싶다고 하면 도와줄 것이고, 싫다고 하면 안 하면 그만이다.

절대 강요는 하지 않았다. 이것은 샐리스트가 결정할 사항이었다. 샐리스트의 침묵은 오랫동안 이어진다. 스스로 어떻게 해야 할지 망설이고 있는 것이다. 하지만 그 침묵은 샐리스트가 결의한 눈빛을 하는 것으로 깨졌다.

"하고 싶어. 아르안이 무슨 말을 할지 모르지만, 아직도 두렵지만, 그래도 만나 보고 싶어."

"알았어. 조금만 기다려 줘."

재현은 샐리스트와 함께 안방으로 갔다. 그는 캠을 설치하고 헤드셋을 연결한 후 컴퓨터를 켰다.

컴퓨터 전원이 들어오고, 인터넷이 켜지는 즉시 스카이콜 사이트에 들어가 회원가입을 했다. 회원가입을 하는 것이나, 프로그램을 설치하는 것이나 별로 힘든 것도 아니었다.

10분 내로 끝마친 그는 문자에 있는 아이디를 검색해서 찾았다. 노르웨이 국적의 인물 한 명이 나타났다. 그는 친구 요청을 보냈다.

노르웨이랑 시차는 8시간.

'그쪽은 새벽일 텐데 괜찮으려나?'

시차를 생각하지 않은 재현은 지금 당장 못 할 수 있다는 생각이 들었다. 그쪽은 한창 잠을 잘 시간이었기 때문이다. 하지만 걱정이 무색하게 상대측에서 친구 수락을 동의하고, 연락을 해 왔다.

통화 버튼만 누르면 이제 연결이 된다.

"준비됐지?"

마음의 준비를 할 시간도 없이 상대방이 먼저 연락을 취한다. 재현이 묻자 샐리스트가 고개를 끄덕였다.

"응."

재현은 즉시 통화 수락 버튼을 눌렀다. 곧 상대방의 모습이 크게 나타났다.

"아르……안……."

모니터를 통해 서로를 확인한 전 계약자와 정령. 아르안은 중급 정령이 된 샐리스트를 보고 놀란 눈으로 바라보고 있었다.

샐리스트는 영상 통화지만 울컥하고 있었다. 서로 어떤 대화를 나눌지 모르지만 재현이 할 수 있는 모든 것을 했다.

어떻게 될지 모르지만 단둘이 대화에 집중할 수 있도록 빠져 주기로 했다. 재현은 잠시 자리를 피하기로 하고 방 밖으로 나갔다.

그가 거실로 나오자 샐리스트가 말하는 것이 들려왔다. 샐리스트는 한국어가 아닌 노르웨이어로 말하고 있었다.

재현은 죽었다 깨어나도 알아들을 수 없었다.

'만약 샐리스트에게 또 상처를 주면 내가 노르웨이로 직접 찾아간다.'

처벌을 받는다 해도 정말 그럴 생각이었다.

방에서는 샐리스트의 목소리가 계속해서 들려왔다. 혹시 정말 욕을 하고 있는 걸까란 생각을 했다.

"얘들아, 샐리스트가 무슨 말을 하고 있는지 알겠어?"

다들 고개를 저었다. 계약을 하면서 계약자의 언어를 자동으로 습득하기는 하지만, 정령들은 노르웨이의 사람과 계약을 해 본 적이 없었기 때문이다.

"무슨 말을 하고 있는지 모르니까 불안하네."

정말 불안한 모양인지 그는 소파에 앉아 있으면서 다리를 떨고 있었다. 얼마나 오랫동안 통화할지 모르지만 가만히 기다려 주는 것이 좋을 것이다.

그렇게 얼마나 오랫동안 대화를 했을까. 2시간 가까이 되었을 때, 샐리스트가 눈물을 흘리며 나왔다.

그것을 보고 재현이 자리에서 벌떡 일어났다.

"샐리스트. 왜 그래? 설마 그 녀석이 욕하고 그런 거야?"

샐리스트가 닭똥 같은 눈물을 흘리고 있어 재현이 와락 인상을 구겼다. 아르안이라는 그 녀석이 만약 반성도 하지 않고 샐리스트를 몰아붙였으면 지금 당장 비행기 표를 끊을 생각이다.

모든 일을 뒤로 제쳐 두고 노르웨이로 날아가서 그 녀석 얼굴에 주먹을 꽂을 것이다.

헌터가 민간인에게 행한 폭행 처벌은 국제적으로 무겁다.

하지만 능력을 사용하지 않으면 민간인과 처벌의 강도가 별 차이가 없는 나라도 있다. 그중 하나가 노르웨이었다.

샐리스트는 손을 저었다.

"아냐. 아르안은 욕하지 않았어. 내가 아르안에게 그간 힘들었던 걸 말한 거야."

"정말이야?"

"응."

확실히 눈물은 흘리고 있어도 웃고 있는 샐리스트였다. 그 말이 정말인지 믿어도 될 것 같았다.

"무슨 말을 나눴어?"

"그때 일을 진심으로 뉘우치고 있고, 정말로 반성하고 있대. 지금까지 그 일로 괴로웠대. 지금은 무리지만 언젠 가 한국에 직접 찾아와서 사과하고 싶대."

잘 해결된 것 같으니 마음이 놓였다.

"그래, 잘됐네."

"응. 아르안은 정말 내게 미안해하고 있었어. 자기를 용 서해 달래. 그 이후로 후회가 들어서 쭉 사과하고 싶었지 만 정령과 계약을 할 수 없는 몸이 되어서 사과할 방도가 없었대."

후회를 해도 되돌릴 수 없는 일이지만, 샐리스트가 이 렇게 말하는 것을 보면 정말로 뉘우치고 있는 것이 보였던 모양이다.

"아르안은 마지막으로 봤을 때와 전혀 다른 모습이었어. 시간도 시간이지만, 많이 수척해졌어. 한때 마약과 술로 지내는 일이 많았지만 지금은 정신을 차렸다. 벌이가 적어도 일을 해서 점차 생계를 꾸려 나가고 있다는 모양이야."

"그렇구나."

정신을 차렸으니 잘됐다는 생각을 했다. 노르웨이 비행기 표는 안 끊어도 될 것 같았다. 그가 안심을 하며 다시 소파에 앉자 샐리스트가 재현에게 인사했다.

"고마워, 재현아. 이런 일은 생각지도 못했는데 날 위해서 도와주고."

"아냐, 뭘 이런 걸 가지고. 나도 뒷걸음질 치다가 어쩌다 얻어걸린 것뿐이야. 게다가 정령사라면 자신과 계약한 정령에게 잘해 줘야지. 안 그래?"

현주에게 말하지 않았으면 지금 이렇게도 못했을 것이다. 나중에 고맙다는 인사를 해야겠다고 생각했다.

"모든 정령사들이 그렇지는 않아."

하기야, 다 재현처럼 정령들에게 잘해 줬으면 샐리스트가 이렇게 되었겠는가. 정령사들의 사례에서도 정령들과 마찰을 빚는 자들도 상당히 많았다.

운다인이 샐리스트의 어깨에 팔을 두르며 헤헤 웃었다.

"재현이는 착하니까!"

이어서 썬다이넨이 운다인의 등에 업혔다.

"재현이는 우리들에게 최대한 해 줄 수 있는 건 무엇이든지 해 줘."

메타이온이 재현의 무릎에 머리를 베었다.

"어둠의 기운 때문에 욱해서 막말할지도 모르지만……진심은 아냐……."

"메타이온. 누가 들으면 자주 그러는 줄 알겠어. ……다크니아스에게 한 번 한 적은 있지만."

나중에 따로 사과는 했지만 그래도 여전히 미안한 건 어쩔 수 없다. 다크니아스도 괜찮다고 말했지만 여전히 그것은 마음에 걸리는 일이긴 했다.

언젠가는 어둠의 기운에 익숙해지면 줄어든다고 현주가 말하긴 했지만 당장은 조심스러울 수밖에 없었다.

"재현이는 우리가 바라는 것 이상으로 노력해 주니까 걱정 마세요. 분명 샐리스트도 재현이를 좋아하게 될 거예요."

다크니아스가 어깨를 으쓱였다.

"본능적으로 거부당하는 나도 받아 줬는걸. 가끔 바보처럼 너무 착하다고도 느끼지만 할 때는 하는 화끈한 성격이야."

자신과 계약한 정령들에게 이토록 좋은 평을 받는 정령

사도 그리 많은 것은 아니었다. 샐리스트는 미소를 지었다.

"응. 나도 알고 있어. 처음 만났을 때 좋은 사람이라고 생각했는걸."

"그럼 된 거야."

자신을 칭찬하는 것에 부끄러웠는지 그가 황급히 말을 끊으며 샐리스트를 바라본다.

"샐리스트, 앞으로 잘 부탁해. 부족할지도 모르지만, 최대한 노력할게."

샐리스트의 함박웃음으로 그의 품에 안겨 왔다.

"응! 잘 부탁해."

진심으로 기뻐하는 모습을 보고 재현은 굳이 대답하지 않았다. 그러고 보니 샐리스트가 자신에게 안겨오는 건 처음이었다.

샐리스트는 이제 재현을 완전히 신뢰한다는 의미였다.

재현은 굳이 대답하지 않았다. 샐리스트의 붉은 머리칼을 가볍게 쓰다듬었다.

신기하게도, 샐리스트의 머리에 붙어 있는 불은 뜨겁지 않고 포근했다.

Chapter 04

샐리스트를
훈련시켜라!

마음의 안정을 찾았다고 해도 샐리스트는 여전히 자신의 힘을 제대로 다루지 못했다. 감정이 격해지면 불이 강해졌다.

몬스터와 대치한 급박한 상황에서 까딱 잘못하면 재현도 휘말릴지도 모르는 일이기 때문에 어떻게든 이를 조절하는 방법을 찾아야 했다. 그리고 그 방법은 어렵지 않게 찾을 수 있었다.

"그래서 절 부르신 거예요?"

마침 수원에 놀러 온 김에 재현의 집에 들른 아영. 오늘은 주말인 덕분에 아영도 시간이 넉넉했다. 윤정도 오늘은 쉬는 날이었다.

"미안. 부탁할게."

재현이 손을 모으며 그녀에게 도움을 청했다.

아영도 수습 헌터 때 샐리스트와 같은 일을 겪었기에 어떻게 극복하는지 알고 있을 것이라 생각해 부른 것이다.

지금은 능력도 잘 조절하고 있으니 분명 샐리스트에게 큰 도움이 되리라 믿어 의심치 않았다.

"재현 오빠가 제게 부탁하는 건 처음이네요. 예전에 몇 번 도움도 받았으니 무시할 수 없겠네요."

아영은 샐리스트를 바라보았다. 그가 새로 계약한 정령, 샐리스트. 붉은색 머리칼이 상당히 인상적이었다.

운다인은 파란색, 썬다이넨은 옅은 하늘색, 메타이온은 회색, 노임은 갈색, 다크니아스는 검은색.

다들 자신의 속성에 맞게 머리카락 색을 띤다. 참고로 바람의 정령은 연두색이다.

생긴 것은 썬다이넨 못지않게 활발해 보이지만, 행동은 노임보다 소심했다.

낯을 가리는 건 아니고, 아무에게나 눈치를 보는 느낌이 강했다.

"그런데 이걸 하려면 풀이나 나무가 많이 없는 곳에서 해야 되는데, 어디서 하시게요?"

집이나 산에서 하면 화재 위험이 있기 때문에 그녀는 되도록 야외에서, 그것도 인파가 드물면서 화재가 날 위험이 적은 곳을 찾기를 원했다.

"스승님 사유지에서 하면 될 거야. 거기가 나무와 풀도 얼마 없거든. 게다가 사람들이 많이 찾는 곳도 아니기도 하고."

있긴 하다는 소리이지만, 화재가 나면 운다인이 있으니 크게 걱정할 필요는 없었다.

"스승이요? 재현 오빠에게 스승님도 있었어요?"

"응. 바람의 정령과 어둠의 정령을 다루는 정령사셔. 헌터계에서도 꽤 알아 주는 사람이지."

물론 그녀가 마스터 헌터라는 것을 아는 사람은 그리 많은 편이 아니다. 이름을 말해 줘도 아영은 모를 것이다.

현주가 스스로를 마스터 헌터라고 밝히는 걸 싫어하기 때문에 그것까지 말해 주지 않았다. 그냥 대단한 사람 정도로만 말하면 될 것이다.

"그래요? 근데 사유지를 마음대로 써도 되나요?"

오히려 스승이기 때문에 허락 없이 마음대로 쓰는 건 좋은 생각이 아니었다. 하지만 재현은 걱정하지 말라는 표정을 지었다.

"언제든 써도 된다고 허락도 맡았으니까 괜찮아."

사유지이지, 현주의 집이 있는 곳은 아니었다.

"그렇다면 괜찮겠죠. 그런데 거기가 어디에 있어요?"

"차를 타고 30분 안으로 갈 수 있어."

"생각보다 가깝네요."

그렇다면 문제 될 게 없었다. 거리도 가깝고, 조용하다고 하니 충분히 수련을 할 만한 곳이었다.

'나는 헌터 양성소에서 연습했지만.'

이곳에서 헌터 양성소까지 못 갈 거리는 아니지만, 그래도 최대한 가까운 곳에 가는 게 좋은 것 아니겠는가.

문제는 자신은 꾸준히 연습해서 조절할 수 있게 되었는데, 정령에게도 똑같이 적용되느냐이다.

"나도 따라갈래."

윤정이 손을 들며 따라갈 의사를 밝혔다.

"가서 할 건 없을 텐데?"

"혹시 알아? 누가 다쳤을 때 내가 도울 수 있잖아."

아영도 겪어 본 일이기에 그녀의 말에는 공감했다.

자신의 힘을 제대로 다루지 못했을 때 교관을 크게 다치게 할 뻔한 적이 있었기 때문이다. 헌터 의료진인 윤정이라면 분명 큰 도움이 될 것이다.

무엇보다 재현에게는 운다인이 있으니 그 걱정은 덜했다.

"그리고 전부터 아영이가 어떻게 불을 다루는지 궁금했

거든. 직접 다루고 공격하는 모습을 보고 싶기도 하고 말이야."

"대단한 건 아냐, 언니."

"대단한 게 아니라니. 애초에 초능력을 쓸 수 있는 것 자체가 대단한 거라고."

일반인의 기준에서는 그렇다. 아무런 능력도 없는 윤정이기에 초능력 자체에 대한 환상이 있을 수밖에 없었다.

"아, 그런데 저 어떻게 하죠? 옷이 적합하지 않은데."

그녀는 활동하기에 좋은 옷차림이 아니었다.

"내가 빌려줄 테니까 걱정하지 마."

트레이닝복쯤이야 몇 개 있는 윤정이었다. 정 안 되면 재현이 자기 것을 빌려주면 된다. 체격이 재현보다 다소 왜소해서 맞진 않겠지만 없는 것보다 나을 테니까.

"그럼 준비하고 바로 가자. 윤정이도 준비해."

"알았어, 오빠."

준비할 것은 그리 많지 않으니 금방 갈 수 있다.

*   *   *

차를 타고 이동한 그들은 곧바로 재현의 수련장에 올 수 있었다.

인적이 드물고, 나무와 풀도 얼마 없었다. 무엇보다 도시와 멀기 때문에 사람들 눈치를 볼 필요도 없었다.

"우와. 조금만 나왔을 뿐인데 도시에서 완전히 벗어났네요?"

옆으로 보면 신도시가 들어서 있는데, 외곽으로 벗어나면 개발되지 않은 땅이 많아 황량한 초원에 온 것처럼 느껴졌다.

수련을 한다고 해도 별건 없었다. 샐리스트는 아영에게 일대일로 훈련을 받는 것이다. 재현이 끼어들 곳은 없었다. 그저 지켜보기만 하면 될 일이었다.

아영에게 훈련을 받을 샐리스트, 화제에 대비한 운다인과 노임이다. 화재가 발생하면 물과 흙으로 불을 끌 생각이었다.

"샐리스트, 한번 기술을 사용해 볼래? 되도록 화재가 나지 않게 하늘 위로."

"알았어."

샐리스트의 기술을 보는 것은 재현도 이번이 처음이다. 그간 기술을 볼 엄두를 내지 못했기 때문에 궁금했다.

샐리스트가 하늘을 향해 손을 뻗었다.

"플레임 캐논이라는 기술이야."

샐리스트의 손으로 화염이 집중되었다. 작은 구체로 된

화염이 넘실넘실 일렁인다. 그리고 점차 화염이 모이며 맹렬히 회전하기 시작했다.

신기하게 바라보는데, 어째 좀 이상하다는 생각이 들었다.

점점 구체는 커지고, 회전력은 강해진다. 정령력이 소모되는 양이 갑작스럽게 불어난다.

"커억!"

엄청난 정령력의 소모. 한 번의 기술에 재현의 정령력이 반이나 소모되었다.

정령력이 한꺼번에 많이 빠져나가도 빈혈을 느끼는데, 지금 재현이 딱 그 상황이었다.

윤정이 그를 부축해 주었다. 샐리스트의 손에 있던 거대한 구체가 하늘로 치솟아 오르며 폭발했다.

큰 소리는 아니었지만 충분히 강력한 공격. 그런데 문제는 화염이 떨어지고 있다는 것이었다.

운다인과 노임이 재빨리 움직이며 화재를 진압했다. 나무와 풀이 없는 곳에 집중적으로 떨어진 덕분에 옮겨붙지는 않았다.

고작 한 번의 기술이지만 이를 보고 얼떨떨한 표정을 지었다. 재현은 빈혈로 쓰러지고, 윤정이 정화수를 먹이는 것이 보였다.

정령력 관리 차원으로 정령도 최소한으로 소환했는데, 저 지경이면 도대체 얼마나 방대한 양의 정령력을 소모한 것일까.

"처음부터 엄청 강한 공격을 사용하네."

정신력을 사용하는 초능력자인 아영이 봐도 어마어마한 힘을 썼을 것이라고 생각하는 중이다.

자신이 저만한 크기를 사용하려면 두 명이 있어도 힘들었다. 샐리스트는 고개를 저었다.

"아, 아냐. 원래 이것보다 훨씬 약해…… 원래라면 농구공에 두 배 정도 되는 크기야."

방금 전 샐리스트는 덤프트럭만 한 화염을 썼다.

최소 몇백 배는 될 양을 낭비한 것이다. 정령사들은 통상 정령력을 많이 사용하면 사용할수록 강력해진다고 하지만, 효율면에서 좋지 않았다.

차라리 정령력을 아끼며 가장 최적의 공격을 하는 게 좋은 법이다.

"그럼 이번에는 조심하면서 같은 기술을 써 볼래?"

그 말을 듣고 깜짝 놀란 재현이 아영을 바라보았다.

"아영아, 살살 하자."

"재현 오빠. 확실히 할 때는 해야 하는 거예요. 저도 기절하면서까지 연습했는데요."

재현의 의견은 가볍게 묵살당하고, 샐리스트가 조심스럽게 다시 힘을 끌어 모으기 시작했다.

정령력이 조금씩 빠져나가는 것을 느끼며 불안해하는 재현.

'기술 두 번에 정령력이 고갈되는 날이 올 줄이야.'

방금 전의 위력 그대로 나오면 분명 기절할 것이라 확신하는 재현.

수습 헌터 때라면 모를까, 현재 정령력 하나는 끝내주게 많다고 스스로 자부하던 재현도 감당하기 힘들었다.

벌써부터 하늘이 노래지는 기분을 느끼며 지그시 눈을 감는 재현.

샐리스트의 화염은 방금 전보다 위력은 많이 줄고, 크기도 크지 않았다.

곧 샐리스트의 손에 머물던 화염은 하늘을 향해 날아가며 폭발했다. 하늘에서 떨어지던 불은 떨어지는 도중 완전히 꺼져 버렸다.

"이건 평균이야?"

샐리스트는 고개를 저었다.

"아니, 많이 약해."

"신경을 많이 써서 한 거지?"

샐리스트가 고개를 주억였다. 아영은 생각에 잠겼다. 원래 위력보다 못하다는 소리였다. 위력이 들쭉날쭉하다. 자신이 겪었던 일과 같아 동질감마저 느껴졌다.

하지만 그녀는 조심만 하면 본래 위력 그대로를 낼 수 있었다. 샐리스트는 상당히 심각하다는 소리였다.

"힘 조절이 아예 안 된다는 얘기네?"

"응."

"정령은 어떻게 기술을 사용하는 거야?"

"계약자의 정령력을 빌려 오면서 사용하는 거야."

정령이 화염을 토해 내는 것은 자신과 비슷한 원리라는 걸 금방 파악할 수 있었다. 정신력이냐, 정령력이냐의 차이일 뿐이다.

차이점은 정령 스스로 힘을 발휘하는 것이 아니고, 계약자의 힘을 빌려 온다는 것이다. 그것만 빼면 원리는 똑같다고 볼 수 있었다.

"재현 오빠. 혹시 정령들이 힘을 끌어 모을 때 중단시킬 수 있어요?"

"내 정령력을 빌려 가는 거니까 도중에 간섭하면 통제할 수 있어."

"그럼 재현 오빠가 알아서 컨트롤 하면 되는 거 아니에요?"

생각보다 간단하게 해결점을 찾은 것 같았지만 그게 쉬

웠으면 이런 고생도 안 했을 것이다.

"가능은 한데, 내가 일일이 그렇게 하기는 힘들어. 무엇보다 한 명씩 정해진 양만큼 사용하게 통제가 가능하면 좋겠지만 전부 동일하게 통제가 되어 버려서 말야. 그럼 전투 때 내가 불리해지지."

전투에서 제대로 된 싸움도 못 한다는 것은 그만큼 불리해진다는 뜻이다.

"게다가 기술을 사용하려던 찰나에 중단시키면 괜찮겠지만, 사용하는 도중에 하다가는 내가 내상을 입을 수 있어."

"여러 제약이 따르네요."

생각보다 많은 제약이 따른다는 것을 오늘 처음 알았다.

샐리스트가 제대로 전투에 임할 수 있는 방법은 딱 하나. 샐리스트 스스로 자신의 힘을 제대로 컨트롤 할 수 있어야 했다.

"어렵지 않겠네요. 제가 한 대로 하면 될 거예요."

아영은 확실하다며 어쩐지 기뻐하고 있었다.

"어쩐지 스승님이 된 거 같네요."

아아, 그런 기분 때문이구나. 뭐, 틀린 말은 아닐지도 모른다는 생각이 들었다.

아영보다 샐리스트가 훨씬 더 강하겠지만 샐리스트는

그녀에게 배우고 있는 상황. 제자를 받은 기분일지도 몰랐다.

"샐리스트. 여기에서 편히 앉아서 하자."

"알았어."

아영이 먼저 맨바닥에 털썩 주저앉고, 샐리스트도 따라 앉았다. 재현은 그 옆에서 윤정의 간호를 받으며 정화수를 섭취했다.

뭘 하려는 건지 모르지만, 아직도 어지러우니 일단 좀 쉬기로 했다.

＊　　＊　　＊

명상이었다. 자신의 생각을 정리하고, 머릿속으로 구체적인 이미지를 그려서 연습하는 것이다. 실제로는 사용하지 않고, 오직 머릿속으로만 생각하는 것이다.

"저게 도움이 돼?"

후르륵―

정령력을 다시 회복한 재현이 짜장면을 흡입하며 아영에게 물었다. 저녁 식사 시간이 되자, 이곳에 배달 음식을 시켜 먹고 있는 중이다.

"제가 저렇게 해서 극복했어요."

아영은 극복했지만, 과연 그것이 정령에게도 될지는 미지수다. 그래도 밑져야 본전이었다.

딱히 해결책이 없는 이상 뭐라도 해 봐야 했다. 아영이 한 것 그대로 했는데도 안 되면 다른 수단을 찾으면 그만이었다.

그렇게 한동안 샐리스트의 명상을 방해하지 않도록 멀리 떨어져서 먹고 있는데, 뒤에서 익숙한 소리가 들려왔다.

"여기서 짜장면을 시켜 드신 건가요?"

현주였다. 언제 왔는지 그녀가 재현의 등 뒤에 가만히 서 있었다. 아영이나 윤정도 그녀가 언제 왔는지 몰랐다는 표정이다. 그러나 재현은 별로 놀라는 기색이 없었다. 인기척이 느껴지지 않았지만 이 또한 익숙한 것이기도 했다.

"오셨어요? 혹시 시켜 먹으면 안 됐나요?"

"아뇨. 상관없습니다. 이곳에서 바비큐 파티도 했는데 배달 음식이 안 되는 법은 없죠. 다만 쓰레기는 치우는 게 예의겠죠?"

배달하는 사람이 그릇을 가지러 올 테니 그건 별로 신경 쓰지 않아도 될 것이다. 발생되는 쓰레기는 따로 버리면 그만이었다.

"그런데……."

현주는 아영을 바라보고 있었다. 그러고 보니 아영과 현주는 서로 초면이었다.

"윤정이의 사촌 동생이에요. 저와 헌터 동기이자 동료이기도 하고요."

"김아영이라고 합니다."

아영은 고개를 숙이며 인사했다. 현주가 빙그레 웃었다.

"여자 친구분의 사촌 동생이 동료라. 흔한 경우는 아니로군요."

"저도 수원에서 몬스터가 튀어나올 때 알게 된 사실이지만요."

그렇게 오래된 것은 아니었다. 그리고 드물게 만나는 정도였다.

"박현주라고 합니다. 아영 씨라고 부르지요."

"아, 네. 그럼 저는 어떻게 부르죠?"

"어떻게 부르든 상관없습니다. 현주 씨가 가장 맞겠군요."

자신과 또래로 보이는데 너무 예의를 차리는 게 아닌가 싶었다. 그냥 친하게 지내고 싶은 마음인데, 알아서 거리를 벌렸다. 처음부터 너무 멀리 대하는 게 아닌가 싶었다.

"재현 오빠, 그런데 저 사람은 누구예요?"

"내 스승님."

"예? 재현 오빠의 스승님이 저렇게 젊어요? 딱 봐도 저랑 비슷하거나 조금 많은 정도일 것 같은데요?"

딱 봐도 재현과 나이 차가 얼마 나지 않은 여인이었다. 오히려 재현이 더 나이가 많아 보인다.

저 사람이 헌터계에서 알아주는 정령사라니. 헌터를 하면서 들어 본 적이 없었다.

'잠깐. 그럼 위험한 거 아냐? 한창인 남자와 어여쁜 여자 스승님. 윤정 언니는 뭐라고 안 하나?'

윤정은 이미 다 알고 있는지 별로 신경 쓰는 기색이 없었다. 자신의 남자 친구를 믿는 것은 괜찮은데 정말 이렇게 태평해도 되는지 모르겠다.

그녀의 생각을 알았는지, 재현이 피식 웃으며 대답했다.

"걱정 마. 아무런 사이도 아니니까. 저래 봬도 세 아이의 어머니이신걸?"

"예? 결혼하셨어요?"

얼굴만 보면 갓 20대가 되었을 때 결혼했겠구나 생각했다. 그래도 무시할 수 없었다. 유부녀라고 해도 바람을 피우기 때문이다.

"큰 아이는 초등학생이야. 둘째는 내년에 들어가고."

순간 띵하는 느낌이 든 아영. 저 나이에 아이가 초등학생이면 10대 초반 혹은 그 전에 아이를 낳았다는 건데, 말이 되지 않았다. 하지만 충격은 여기서 끝나지 않았다.

"게다가 헌터 1세대이셔."

헌터 1세대. 헌터뿐만 아니라 민간인들도 헌터 1세대가 누구인지 모르는 사람은 없었다.

"잠깐. 생존의 시대 때 한국에서 가장 나이가 어린 헌터가 아홉 살이었다고 하니, 그 나이로 계산해도 해도 그럼 나이가 최소 40대 중후……!"

"같은 여자끼리 나이는 민감한 문제겠죠, 아영 씨? 거기까지 하도록 하죠."

아영은 여전히 얼떨떨한 표정으로 현주를 바라보았다. 저 외모에 최소 40대 중후반이라니.

보통 동안이 아니다. 현주의 경우 어린 시절부터 정령사가 된 덕분에 외모만 보면 재현보다 젊어 보였다.

그녀는 10대 후반부터 노화가 더뎌졌다. 그 덕분에 아직도 20대의 얼굴을 자랑하고 있었다.

비교적 늦게 정령과 계약한 재현은 20대 중반에서 노화가 느려졌다.

'노화 방지 이런 거 다 필요 없어. 정령사가 최고야.'

초능력자들은 그런 게 없었다. 외모는 세월이 지나면서 서서히 변한다. 하지만 마나나 기를 다루는 자들은 노화가 비교적 느렸다. 신체에 마나나 기가 담기면 노화를 억제한

다나?

왜인지는 모르지만 정령사의 경우 노화가 훨씬 더디다는 연구 결과도 있다고 한다.

"그나저나 상당히 재밌는 방법으로 수련을 하고 있군요."

현주가 샐리스트를 바라보며 그리 평했다. 그녀의 입장에서 정령이 명상을 하는 것은 희한한 수련법이었다. 정령사가 저렇게 하지, 정령이 하는 경우는 본 적이 없었다.

"이미지 트레이닝을 시키고 있는데, 혹시 잘못하고 있는 걸까요?"

정령에 대해 거의 모르는 아영이다 보니 조심스럽게 물어보았다. 현주는 고개를 저었다.

"아뇨, 꼭 그렇다고 볼 수는 없어요. 정령이나 인간을 비교하면 차이점은 확실하지만 비슷한 면모가 많거든요. 이미지 트레이닝은 정령에게도 상당히 좋습니다."

그렇게 말하니 다행이라고 생각하는 아영이었다. 재현도 조금 반신반의하긴 했지만 그녀의 확신에 찬 말을 들으니 안심이 되었다. 아영이 겪은 그대로 행해도 문제가 없다는 뜻이다.

"그런데 여긴 어쩐 일로 오신 거예요?"

재현은 빈 그릇을 내려놓고는 그제서야 생각났다는 듯이 그녀에게 물었다. 원래는 가장 처음 했어야 할 질문이었다.

현주는 미소로 대답해 줬다.

"제 사유지에 불이 치솟아 오르며 거대한 폭발음이 들려왔다는 신고가 들어왔거든요. 혹시 제 사유지에 화염 계통의 초능력자가 들어와서 장난치고 있거나 몬스터가 출몰한 건가 싶어서 와 봤죠."

"아⋯⋯."

그 거대한 화염이 하늘에서 폭발했으니 당연히 멀리서도 들렸을 것이다. 재현은 면목없다는 듯 머리를 긁적였다.

"뭐, 별일 아닌 것 같으니 안심해도 되겠죠. 그래도 너무 과격한 힘은 자제해 주세요. 본의 아니게 폐를 끼치면 좀 그렇잖아요?"

"네, 주의할게요."

재현도 남에게 폐를 끼치는 것은 싫어한다. 때문에 이번에 확실히 주의하겠다고 생각했다.

샐리스트도 의도했던 일은 아니었지만 어쨌거나 자신의 정령이 일으킨 일이니 재현도 각별히 주의할 필요가 있었다.

"식사를 마치고 뭘 하실 생각이셨죠?"

"아영이는 다시 샐리스트를 봐주고, 저와 윤정이는 딱히 없네요."

운다인이나 노임은 그저 화재가 번지지 않도록 미리 배치한 상황. 샐리스트가 이미지 트레이닝만 하고 있는 지금, 딱히 할 것 없는 것은 그 둘도 마찬가지였다.

"그럼 잘됐군요. 제자님도 같이 수련을 하면 서로에게 자극이 될 겁니다."

수련을 하는 건 관계없었다. 그러나 어떤 수련을 할지 감이 잡히지 않았다.

"어떤 수련이요?"

"어둠의 기운에 익숙해져야죠. 마침 샐리스트도 수련을 하는 김에 제자님도 같이 하시죠. 어둠의 기운을 쌓아서 천천히 익숙해지도록 하죠."

"하지만 지금은 밤이 아닌데요?"

저녁 식사를 먹었지만 아직 해가 떨어지지 않았다. 한 시간에서 두 시간 후에는 완전히 떨어지겠지만 그 전까지는 하지 못한다는 것이다.

"굳이 그럴 필요가 있나요. 다크니아스를 소환하고 기술을 사용하면 될걸."

확실히 그거면 충분히 가능할 것이다. 다만 정령력이 좀 걸리긴 했다.

"운다인만 남겨 두고 제자님의 다크니아스를 소환하도록 하죠. 그럼 정령력에도 여유롭겠죠?"

그 정도쯤이야 괜찮다고 생각한 그가 고개를 주억였다. 노임에게 이를 설명하니 흔쾌히 정령계로 돌아가고, 재현은 다크니아스를 소환했다.

"언제 부르나 하고 목 빠지게 기다렸어."

다크니아스는 소환이 되기 무섭게 머리를 쓸어 올렸다. 다크니아스를 소환한 재현을 향해 현주가 미소를 지었다.

"자, 그럼 이제 저와 대련을 해 보실까요, 제자님?"

현주는 미소를 지은 채 손가락을 튕겼다. 실라이론이 바람을 일으키며 주위에 있던 자갈들을 한쪽으로 치웠다. 재현은 뜻밖의 말에 멀뚱히 그녀를 바라보고 있었다.

"갑자기 대련은 왜요?"

"다크니아스에게 어떤 공격이 있는지 확인도 할 겸, 저와 싸우면서 그 위력을 알아보는 거죠. 물론 제자님은 다크니아스만을, 저는 실라이론만을 사용하도록 하죠. 정령화와 정령 일체화는 금지하기로 하죠."

"근데 괜찮을까요? 어둠의 기운이 조금만 쌓여도 성격이 변하는데."

그건 걱정하지 말라고 말한 뒤, 현주가 재현의 다크니아스에게 시선을 향했다.

"다크니아스, 제자님이 큰 공격을 감행하라고 하면 거절하고 말리도록 하세요. 다크니아스로도 말리지 못할 정도로 위험하다 싶으면 제가 알아서 중단시킬 거니 걱정 마시고요."

다크니아스는 현주가 말하지 않아도 그럴 셈이었다고 말하며 빙그레 웃었다. 현주가 어깨를 으쓱였다.

"게다가 어차피 제자님이 절 공격해도 큰 피해는 입히지 못할 테니까 걱정하지 마세요."

그녀의 말은 진실이다. 현주는 허울뿐인 마스터 헌터가 아니었다. 그 실력을 입증받은 헌터답게 강인하다.

그녀가 오우거와 일대일로 싸웠던 모습을 직접 본 재현도 지금은 절대 이길 수 없을 것이라 확신할 수 있었다.

방심을 한 상태라면 공격을 허용당할 수 있겠지만, 현주는 결코 방심할 사람이 아니었다. 헌터 1세대답게 아무리 약한 몬스터라도 방심으로 인해 살해당한 사람들을 많이 봤기 때문일지도 모른다.

"그래도 혹시 모르니 여자 친구분께서는 항상 준비하도록 하세요."

"네, 혹시나 해서 포션하고 치료수도 잔뜩 구비해 놓으니까 걱정하지 마세요."

그녀는 구급 상자 두 개를 보여 주었다. 하나는 상비약을, 다른 하나는 포션을 담은 상자였다.

아무 일도 없을 거라고 생각했지만 만일을 대비해서 챙

겨 온 것은 정답이었던 것 같았다. 현주가 잘했다는 듯 얼굴 가득 미소를 그렸다.

"이럴 때 헌터 전문의가 있다는 건 좋군요. 정말 믿음직스러워요."

윤정도 그에 화답하듯 싱긋 웃어 보였다.

재현이나 윤정이 딱히 할 일이 없었는데, 그녀가 오니 순식간에 할 일이 생겼다. 재현은 심심하던 차에 잘됐다고 생각했다. 인간과 싸우는 것은 몇 번 있었지만, 같은 정령사끼리 싸우는 건 이번이 처음이었다. 또한 현주를 상대로 얼마나 버틸 수 있을지 스스로 궁금하기도 했다.

진심으로 하면 얼마 버티지 못하겠지만, 말 그대로 대련. 현주가 분명 봐주면서 할 것이다.

아영은 그런 그들을 바라보며 한 가지 당부했다.

"조용한 곳에서 해 주세요. 샐리스트가 집중해야 되니까요."

뭘 당연한 걸 가지고. 샐리스트의 수련에 방해되는 일은 일절 하지 않을 생각이다.

"걱정 마세요, 아영 씨. 적정 거리를 벌린 채 할 거니까. 무엇보다 소란스러울 정도로 강한 공격도 하지 않을 거고요."

소란스러울 정도로 하면 잠깐 방심해도 누군가가 크게

다칠 염려가 있었다. 아영이 알겠다는 듯 고개를 끄덕이고, 그들은 멀리 떨어지지 않은 곳에서 자리를 마련하여 대련을 시작했다.

샐리스트의 훈련의 하루는 그렇게 지나가게 되었다.

*　　　*　　　*

그렇게 두 달간 아영에게 훈련을 받게 된 샐리스트. 도움이 되었는지 안 되었는지 물어본다면 재현과 샐리스트는 같은 대답을 할 수 있었다. 도움이 되었다! 라고.

아영은 확실하게 샐리스트를 점차 변화시켜 나갔다.

처음에는 더뎠지만 아영이 겪었던 일이었던 덕분인지 샐리스트에게 더없이 친절하게 알려 주며 많은 도움을 주었다.

애초에 정령이 자신의 힘을 제대로 컨트롤하지 못한다는 것은 말이 되지 않았다. 분명 어떤 이유가 있을 것이라고 생각했다. 그리고 며칠 지나지 않아 그 이유가 무엇인지 정확히 간파하고, 재현에게 한 가지를 당부했다. 혼내지 말고 주로 칭찬을 하라는 것이었다.

고의로 한 일이 아니면 괜찮은 재현이기에 딱히 어려운 부탁은 아니지만 아영이 내린 처방은 칭찬이었다.

그리 잘한 것도 아니고, 그렇다고 못 한 것도 아닌데 칭찬으로 먼저 시작하고, 아쉬운 점을 고쳐 나가는 방향으로 이끌어 주라는 것이다.

그 덕분인지 샐리스트는 점차 웃음이 많아졌다. 지금은 정령들과 장난을 칠 정도였다.

한 번은 기분이 좋아져 실수로 아영의 옷을 불태웠는데도 그녀는 화를 내지 않았다. 오히려 샐리스트에게 먼저 괜찮냐며 안부를 물었다.

다행히 아영은 파이로키네시스의 능력자답게, 자신의 몸에 불이 붙어도 아무런 피해를 입지 않게 할 수 있었지만 옷은 멀쩡할 수 없었다.

혹시나 해서 윤정이 여벌의 옷을 가지고 와서 다행이지, 잘못했으면 속옷을 드러내 놓을 뻔했다.

어찌 됐든, 칭찬은 고래도 춤추게 한다고 했던가?

정령들에게도 포함되는 내용인지, 샐리스트는 점차 나아졌고, 완벽하지는 않지만 어느 정도 힘이 안정될 수 있었다.

아영의 스케줄도 있기 때문에 매일 오지는 못하지만, 그래도 일주일에 세 번 도와주러 와 주었다.

가끔은 재현의 집에 자고 가는 경우도 있었다. 그러고는 웃고 떠들고 놀다가 돌아가기도 했다.

"샐리스트가 널 잘 따르네."

"그러게요."

아영은 자신에게 안긴 샐리스트의 머리를 쓰다듬어주었다. 샐리스트는 사람의 손길을 거부하지 않았다. 특히 아영에게 더욱 친근하게 굴었다.

오늘처럼 아영이 집에 와서 머물고 있으면 그녀에게 몸을 바짝 기대는 것을 주저하지 않았다.

이유는 불의 친화력이 매우 높아서 옆에 있기만 해도 편하기 때문이라고 한다. 불을 다루는 초능력을 사용하니 불의 친화력이 높은 것도 충분히 이해가 갔다.

"샐리스트가 저러니까 빼앗긴 것 같아서 질투 나려고 하는데?"

"괜찮아, 재현이에게는 우리가 있잖아!"

"맞아!"

"쿨~"

"저희는 재현이를 버리지 않아요!"

운다인이 오른쪽 어깨, 썬다이넨이 왼쪽 어깨, 메타리온은 오른쪽 다리를 베고 누워 자고 있고, 노임도 메타이온을 따라하는 듯 왼쪽 다리를 베고 있었다.

한 자리씩 떡하니 차지한 녀석들. 이 모습을 보니 피식 웃음이 새어 나왔다.

"재현은 욕심이 너무 많은 것 같아. 우리들이 이렇게 있는데도 한 명 더 원하는 거야?"

다크니아스가 그의 다리에 앉으며 자신의 등을 재현에게 기대어 왔다. 재현이 피식 웃으며 다크니아스의 머리를 쥐어박아 주었다.

"우으…… 왜 때려."

다크니아스는 아프다는 듯 재현을 바라보며 당장 울 듯한 표정을 지었다. 조금 세게 때린 감이 없잖아 있던 모양이다.

"내가 바람둥이니?"

"그럼 아냐?"

"다크니아스, 네가 날 어떻게 생각하는지 모르겠지만 아니라고 자신 있게 말할 수 있어."

그러나 운다인과 썬다이넨이 오히려 놀랍다는 듯 바라보았다.

"아니었어?"

"우리를 보고 설렌 적이 없다고?"

무슨 자신감인지 모르지만, 정령들의 중급 정령들의 외형은 중학생 정도다.

다크니아스는 성인의 매혹적인 모습이지만, 그간 지내오면서 애들과 별 차이 없이 그에게 다가왔기 때문에 아무런 느낌도 없었다.

편한 느낌의 친구. 그 이상 그 이하도 아니었다.

"너희들은 날 그렇게 생각해 왔다는 거지? 하하~"

다들 장난으로 한 말이지만, 자신을 그렇게 평가하는 것은 가만 놔둘 수 없는 재현. 그는 검지를 엄지손가락에 걸친 후 숨을 불어 넣었다. 딱밤을 먹이려는 것이다.

"윤정아~!"

재현이 하려는 것을 눈치챈 운다인과 썬다이넨이 황급히 일어났다. 다크니아스는 원인을 제공한 자신에게 불똥이 튈까 슬쩍 자리를 피했다.

운다인과 썬다이넨이 윤정에게 달려가며 안겼다. 그 모습을 보고 윤정은 호호 웃었다. 메타이온과 노임은 재현의 무릎을 베고 누운 채 어색하게 웃을 뿐이다.

"왜? 오빠가 또 무슨 짓 했니?"

"우릴 때리려고 했어."

"재현이 혼내 줘~!"

"내가 너희들을 혼내 주마!"

재현은 자리에서 벌떡 일어나며 운다인과 썬다이넨을 잡으려고 안간힘을 쓰기 시작했다. 운다인과 썬다이넨은 재현에게서 달아났다.

이를 지켜보고 있던 아영은 어색한 웃음을 흘리며 바라

볼 뿐이다.

그렇게 한동안 술래잡기가 시작되고, 그들이 소동을 멈춘 것은 아래층에서 층간 소음으로 찾아오고 나서였다.

Chapter 05

다크니아스와
샐리스트로 사냥하라

샐리스트가 수련을 하면서 재현도 같이 수련을 하는 덕분에 어둠의 기운에 점차 익숙해져 갔다.

아직 많은 공격은 자제해야 했지만, 공격 기술을 사용해도 괜찮아질 정도로 많이 성장했다.

재현은 광교산을 혼자서 다시 찾았다.

B급 몬스터 출몰 지역에 도착하니 여기서 죽을 뻔했던 기억이 떠올랐다.

그때 현주가 나타나지 않았다면 분명 이곳에서 희생되어 오우거의 몸속에서 소화되었을 것이다.

그렇게 생각하니 아직도 소름이 돋았다. 운이 좋아서 이렇게 사지 멀쩡히 살아 있는 것뿐이다.

그는 되도록 깊숙이 들어가지 않기로 했다. 현주는 그 이후로 이곳을 중점으로 해서 A급 몬스터들을 대거 사냥했다.

그 덕분에 최소한의 A급 몬스터만 남게 된 덕분에 B급 몬스터 구역까지 다시 내려올 일은 사라졌지만, 혹시나 하는 마음이 있었다.

주로 외곽에서 사냥하기로 하고 움직이는 재현. 그리고 그는 곧 어렵지 않게 몬스터를 만날 수 있었다.

액체로 된 몬스터, 하지만 슬라임이 아니었다. 생김새는 비슷하긴 하지만, 슬라임처럼 막이 씌워져 있는 것이 아니었다.

무엇보다 물풍선 모양으로 되어 있지도 않았다. 뱀에 가까운 모습. 재현은 킵보이로 녀석의 정보를 확인했다.

이름: 복제 괴수

등급: B

종류: 슬라임과

−자신의 적과 같은 모습으로 변형하여 기술을 완벽하게 복제해 싸운다. 기술, 능력도 같이 복제할 수 있다.

주의: 물리 공격 완전 면역, 자신이 복제한 능력을 상

황에 맞게 사용 가능.

　약점: 화 속성 공격에 취약, 소환 능력자의 능력 복제
는 불가능.

　"우와, 이런 녀석도 있었구나."

　재현은 신기하다는 듯 복제 괴수를 바라보았다. 녀석도
그를 발견했는지 눈이 마주치는 순간 녀석의 모습이 바뀌
기 시작했다.

　순식간에 재현의 모습이 된 복제 괴수. 그것을 보고 운
다인이 소리쳤다.

　"재현이 둘이다!"

　"그러게. 거울에 비친 내가 아니라 몬스터가 복제한 모
습의 나를 바라보니 엄청 소름 돋네."

　자신의 클론을 바라보면 이런 느낌일까 싶었다.

　녀석이 재현을 향해 손을 뻗었다. 뭔가 하려는 행동임을
알고, 메타이온이 언제든 방어할 준비를 하고 있었지만,
아무 일도 일어나지 않았다.

　녀석은 고개를 갸웃거리며 몇 번이고 재현을 향해 손을
뻗었지만 뭔가 일어나는 일은 없었다.

　재현은 녀석을 보며 피식 웃었다.

　"바보 같은 녀석. 정령도 소환 계열인데."

정령은 계약을 해야 사용이 가능하다. 마법과 기를 다루는 것과 다른 것이다.

녀석은 그것을 모른 채 재현의 모습을 그대로 본뜬 것뿐이다.

녀석이 정령과 계약을 하지 않는 이상 자신과 같은 공격을 펼치는 것은 불가능한 것이었다.

"그것도 아니면 내가 정령화 했을 때의 능력을 복제하려고 했던 거야?"

재현이 정령화한 모습을 복제해도 마찬가지이다. 그것도 불가능할 것이다.

정령사는 정령력을 이용한다. 정령력은 정령과 계약하지 않는 이상 발현할 수 없다. 정령력이 마나를 토대로 변형된 형태이기는 하지만, 엄연히 다른 기운이다.

"운다인, 노임. 잠시 들어가 있어. 샐리스트, 네가 활약할 때야."

녀석의 약점은 불. 그렇다면 샐리스트에게 적절하다. 운다인과 노임이 다시 정령계로 돌아가고, 재현의 앞에 샐리스트가 소환되었다.

"우와, 재현이가 두 명이나 있어."

샐리스트는 소환되기 무섭게 재현을 보자마자 놀랐다는 듯 외쳤다. 그러나 헷갈릴 일은 없었다. 계약으로 묶여 있어 정령들은 누가 진짜 재현인지 쉽게 분간할 수 있기 때문이다.

"샐리스트. 녀석이 변하고 있어."

녀석이 어떻게 나올지 한순간도 방심할 수 없기 때문에 재현은 방심하지 말고 녀석을 주시하라고 지시했다.

재현의 모습을 하고 있던 복제 괴수의 형태가 일그러진다. 그리고 곧 녀석은 새로운 형태를 보여 주었다.

"기, 기분 나빠. 내 모습을 하고 있어!"

녀석이 변화한 모습은 바로 샐리스트였다. 재현이 하하 웃으며 이를 바라보았다.

그의 모습을 하고 있을 때는 신기해했지만, 자신의 모습이 되니 기분 나쁜 모양이다.

얼마나 기분이 나쁜지 방금 전 재현도 느낀 덕분에 충분히 이해할 수 있었다.

녀석은 재현의 능력을 쓸 수 없으니 샐리스트의 모습으로 복제하여 능력을 사용하려는 속셈이다.

모습은 완벽하지만 여기서 문제가 하나 더 있었다. 샐리스트의 모습으로 복제해도 마찬가지라는 것이다.

녀석이 선제공격을 하려는 듯 세차게 손을 뻗었지만, 녀석의 손에서 불이 뿜어져 나오는 일은 없었다.

"샐리스트를 복제해도 마찬가지일 텐데 말이지."

샐리스트는 정령. 정령들은 자신의 힘을 사용하기 위해서는 정령사의 정령력을 빌려 온다. 때문에 정령의 모습으로 변화해 봤자 의미가 없는 것이다. 녀석이 제대로 복제했다는 증거였다.

어중간하게 복제해서 따라 한다면 위협적인 공격을 할 수 있었을 텐데 오히려 완벽한 복제가 독이 된 것이다.

"웃긴 녀석이네."

재현은 킥킥 웃었다. 몬스터와 마주한 상태에서 이러면 안 되는 것은 잘 알고 있지만 웃음이 나오려는 건 어쩔 수 없었다.

한동안 녀석이 허탕을 치는 모습을 보고 웃던 재현은 정신을 차린 뒤, 녀석을 손가락으로 가리켰다.

"샐리스트. 플레임 캐논."

샐리스트의 화염이 모이며 구체가 만들어지기 시작했다. 샐리스트의 손에 모인 화염이 맹렬히 회전하며 녀석을 향해 빠르게 날아갔다.

복제 괴수는 불덩이가 날아들자 다시 원래 모습으로 돌아오며 공격을 피했다. 덕분에 화염이 애꿎은 곳에 충돌했다. 불이 약점이라는 것을 스스로 잘 아는 모양이다.

하지만 녀석이 샐리스트의 공격을 피했다고 해서 뒤이어 날아올 공격이 없다는 것은 아니다.

재현은 정령화를 통해 불의 화살을 녀석에게 날렸다. 견제용으로 날리는 작은 불덩이지만 녀석의 움직임이 다급해졌다.

약점에 쓰인 것처럼 매우 치명적이긴 한 모양이다. 작은 불덩어리가 스치니, 녀석의 몸이 살짝 쪼그라들며 괴로워했다. 화상을 입은 것처럼 보였다.

"생각보다 별것 아닌 몬스터인 모양이네."

재현은 그렇게 느끼고 있지만, 사실 복제 괴수는 불의 능력을 사용하지 못하는 자들에게는 가장 까다로운 몬스터로 평가받고 있었다.

자신과 똑같이 복제해서 같은 능력을 사용하거나, 자신이 복제했던 인간들 모두의 모습으로 변화시킬 수 있기 때문이다.

화 속성에 강한 몬스터로 변해도 불이 약점이라는 것은 변치 않지만, 복제 능력 때문에 모든 속성 공격을 할 수 있었다.

재현은 정령사라는 것 덕분에 녀석이 복제를 해도 능력을 사용하지 못하니 별것 아닌 것처럼 느껴지는 것이다.

"키카칵!"

녀석에게서 이상한 울음소리가 들려왔다. 액체로 된 몬스터가 소리도 낼 수 있다는 걸 처음 알게 되었다.

곧 녀석의 모습이 다르게 변화한다. 다른 정령의 모습이 아니었다. 생판 모르는 인간의 모습이다. 누구의 모습을 한 것인지 모르지만 녀석이 손을 뻗자 물줄기가 뿜어져 나오기 시작했다.

"메타이온!"

물줄기는 재현이 아닌 샐리스트를 향해 뿜어져 나갔다. 샐리스트에게 물은 최고의 약점이다.

녀석의 물은 메타이온이 생성한 강철의 벽에 가로막혔다. 하마터면 샐리스트가 당할 뻔했다.

"이거 만만하게 볼 수 없겠는걸?"

대지가 축축한 것을 보니 진짜 물이었다. 불이 약점이면서 물을 사용할 수 있다니.

불의 능력자에게 대항할 수 있는 방법을 아는 모양이다. 그래도 스스로 방어하는 쪽까지는 생각하지 못하는 모양이다.

'방어하는 방법을 알았으면 처음부터 막아 냈겠지.'

파악은 끝났다. 녀석은 다른 능력자들의 능력을 복제할 줄은 알지, 모든 기술을 제대로 응용하지 못한다는 것이다.

그렇다면 일은 쉬워졌다.

메타이온은 샐리스트를 방어하고, 재현은 녀석을 불로

공격하면 그만인 것이다.

"메타이온, 샐리스트를 계속 방어해!"

재현의 의도를 알아차린 메타이온이 샐리스트의 앞을 막아서며 녀석이 뿜어 대는 물줄기를 막아 주었다. 재현은 그 틈에 녀석에게 달려가기 시작했다.

녀석도 재현이 옆으로 빠진 것을 보고 이제는 재현을 노리기 위해 손가락을 그에게로 향했다. 하지만 재현은 가만히 있지 않았다.

"어스 트랩!"

녀석의 발치에서 땅이 움푹 파이며 녀석이 뒤로 넘어갔다. 녀석이 두 다리로 중심을 잡으려고 했지만, 손가락에서 세찬 물줄기가 물대포처럼 뿜어져 나와 뒤로 더 세게 넘어갔다. 녀석이 뿜어낸 물줄기가 하늘 위로 치솟으며 분수를 만들어 냈다.

"멍청한 놈! 플레임 버스트!"

재현은 그 즉시 손을 녀석을 향해 뻗어 화염을 뿜어냈다.

"카카카카칵!!"

녀석이 괴로운 듯 비명을 지르고 있었다.

계속 화염을 토해 내자 녀석은 얼마 있지 않아 무력화되었다. 액체로 이루어진 몸이 사라지고, 수정체만 덩그러니

남긴 채 흔적도 없이 사라졌다.

"어째 인간을 태운 것 같아서 유쾌한 기분은 아니네."

재현은 씁쓸한 표정을 지으며 수정체를 회수했다. 녀석에게 건질 만한 것은 수정체밖에 없었다. 그래도 꽤 좋은 질의 수정체였다.

"중상급 수정체로군."

꽤 괜찮은 값에 팔릴 것 같았다. 재현은 주머니에 수정체를 넣고는 운다인을 소환했다. 불이 아직 잔재하여 불타고 있었기 때문이다. 그는 그 불이 나무에 옮겨 산불이 나기 전에 완전히 진화시켰다.

*　　*　　*

"샐리스트의 공격은 확실히 일대일이든 대인전에서든 강하네."

샐리스트의 기술을 모두 사용해 본 결과, 재현은 샐리스트가 모든 상황에서 강한 위용을 뽐낸다는 것을 알 수 있었다.

여기에 산불이 나는 걸 신경 쓰지 않는다면 모든 몬스터를 불태워 버리는 것도 가능했다. 다만 그렇게 했다가는 불길을 피해 도망친 몬스터들이 도시까지 갈 위험이 있다.

아무런 피해를 주지 않고 몬스터들이 다른 산으로 이동한다 하더라도 재현이 산불을 냈으니 징역을 살게 되겠지만.

"오늘 나 열심히 했어!"

"그래, 우리 샐리스트 장하네."

재현은 부드럽게 샐리스트의 머리를 쓰다듬으며 칭찬해 주었다. 기분이 좋은지 샐리스트의 머리에 포근한 불이 피어올랐다.

아영 덕분에 자신의 힘에 익숙해진 샐리스트는 시간이 다소 지체된다 하더라도 확실히 도움이 되었다.

여기서 조금 더 열심히 해서 제대로 다루게 되면 썬다이넨과 샐리스트로 하여금 제대로 된 위력을 낼 수 있게 될 것이리라.

"자, 이제는 다크니아스 차례야. 샐리스트, 돌아가."

"응, 필요하면 소환해 줘."

샐리스트는 헤헤 웃으며 다시 정령계로 돌아가고, 바통을 이어받아 다크니아스가 소환되었다. 다크니아스는 기지개를 켰다.

"소환을 안 하기에 날 잊었나 했는데, 잊지 않았나 보네."

"일부러 밤에 소환했어."

벌써 어둠이 깔린 상황이었다. 저녁이 된 것이다. 다크니아스가 가장 큰 힘을 발휘하는 때가 햇빛 하나 없는 저녁이었다.

"그런데 저녁에 해도 괜찮겠어? 앞은 분간할 수 있겠어?"

"어둠의 기운 덕분인지 몰라도 어둠 속에서도 눈이 밝아. 주변 사물은 전부 구분할 수 있어. 네 표정도, 저기 있는 나무의 개수도 보여."

야간 투시경을 쓴 것처럼 다 보인다. 야행성 동물들도 이런 식으로 보이는 걸까? 하지만 어둠이 내려앉은 밤에 하는 사냥은 재현도 처음이었다.

"밤이 되면 몬스터가 훨씬 강해지고, 야행성 몬스터도 좀 많아질 텐데."

주간에 활동하는 몬스터보다 야행성 몬스터들의 흉포함이 더 심하다는 게 정론이다. 또한 밤에는 몬스터들의 힘도 상승했다.

이유는 모르지만 저녁이 되면 수정체가 빛을 발하게 되는데, 그것이 생명체들에게 영향을 주는 것이 아닌가 하는 가설이 있었다.

"그래서 걱정돼?"

"걱정하지 마. 저녁의 나는 무적이니까. 뭣하면 내가 구해 줄게. 무서우면 내게 안겨 와도 좋아."

어둠의 정령답게 저녁이 되면 유독 활발해지는 다크니

아스였다. 재현은 피식 웃어 주며 다크니아스의 이마에 딱
밤을 먹였다. 다크니아스가 정말 아픈 듯 당장 울 것 같은
표정으로 이마를 감쌌다.

"왜 때려."

"너무 기고만장해져서. 자신만만한 것을 보면 확실히
믿음직스럽긴 하지만."

운다인이 바다에서 강한 것처럼 저녁은 다크니아스의
독무대나 다름이 없다. 무엇보다 다크니아스는 상급 정령
이다. 자신이 계약한 정령 중 가장 강한 정령인 것이다.

샐리스트는 스스로 자신의 힘을 제대로 다루지 못해서
계약한 이후 오늘에서야 확인할 수 있던 것이지만, 다크니
아스는 경우가 다르다.

그와 반대로 재현에게 너무 버거운 힘이라 지금껏 사용
하지 못한 것이다. 어둠의 기운 때문에 그렇지, 제대로 다
루게 된다면 조금 더 수월한 사냥을 할 수 있게 되리라.

다크니아스가 흥! 하고 콧방귀를 뀌더니 자신의 허리에
손을 얹으며 콧대를 높이 세웠다.

"두고 봐. 오늘 내 활약을 보고 날 다시 보게 될걸? 그
때는 안 안아 줄 거다, 뭐!"

재현이 피식 웃으며 다크니아스의 머리를 헝클어 주었
다. 다크니아스도 이렇게 보면 상당히 귀엽게 행동했다.

그가 쓰다듬는 게 싫다는 표정이지만, 사실은 엄청 좋아하고 있다. 그게 묘한 귀여움을 어필하는 덕에 심적으로 안정되었다.

'아, 진짜 얘네들과 함께 있으면 정화되는 기분이라니까.'

그렇게 한참 다크니아스의 머리를 쓰다듬은 재현은 곧 주위로 울려 퍼지는 몬스터의 울음소리에 정신을 차렸다.

"다크니아스, 가 보자."

"알았어."

다크니아스가 앞장을 섰다. 재현은 주위 사물을 분간할 수 있는 눈을 가지게 되었지만, 3미터 앞까지밖에 보이지 않는다.

그 뒤는 안개 속에 있는 것처럼 보이지 않는다. 그래도 한 치 앞을 볼 수 있다는 것이 어디인가. 이동하는 것에는 큰 지장은 없었다.

'확실히 시야가 제한되니 청각과 감각이 예민해지네.'

야간이라 조용한 것도 있지만, 더욱 조심스러워진 덕분에 청각에 의지하는 것도 커졌다. 다크니아스가 걸어가는 소리가 선명히 그의 귀를 간질였다. 한참을 이동한 재현. 곧 다크니아스가 손을 들며 정지 신호를 냈다.

[30미터 앞에 몬스터 두 마리가 있어.]

몬스터는 귀가 밝다. 주위가 고요해지는 야간은 소리가

더 멀리 퍼져 나가기 때문에 다크니아스는 직접 말로 하기보다 텔레파시를 보내왔다.

재현은 무릎을 꿇고 앉은 후, 다크니아스의 지시에 따라 킵보이로 레이저를 쏴 몬스터의 정보를 확인했다. 녀석의 모습과 함께 정보가 나타났다.

이름: 나이트 웜.

등급: B

종류: 지렁이과

-주간에는 땅속에 있다가 야간에는 땅 위로 나오는 몬스터. 눈이 존재하여 물체를 구분할 수 있지만 거의 쓰지 않는다.

주의: 산성액으로 이루어진 침을 뱉는다. 녀석의 몸이 부풀면 자폭하니 주의할 것.

약점: 물리 공격력 반감, 수 속성 면역, 빛을 매우 싫어한다.

'빛을 싫어한다라……'

빛을 싫어하는 면에서는 다크니아스와 비슷하다고 볼 수 있었다.

다크니아스는 계약을 통해 주간에도 활동을 할 수 있지

만 조금 위축되는 감이 없잖아 있었다. 하지만 어둠이 내려앉으면 다크니아스의 독무대가 펼쳐진다.

[혹시 지금 나랑 저 대형 지렁이랑 비교한 거야? 그럼 실망인데.]

'걱정 마. 어둠을 좋아한다는 건 너와 비슷하지만 엄연히 다르잖아. 저 녀석들의 비주얼은 누구라도 혐오할걸? 그에 반해 너는 귀여운 맛이 있잖아.'

다크니아스가 멍한 표정으로 있더니 장난스럽게 웃었다.

[역시 바람둥이네. 달콤한 말로 날 유혹하려고? 그래도 기분은 좋네. 이래서 재현이가 싫지 않단 말이야.]

재현은 못 말린다는 표정으로 피식 웃어 주었다. 이런 상황에서 농담이라니. 분위기랑 전혀 맞지 않아 웃음이 새어 나와 버렸다.

[윤정이를 버리고 나랑 사랑의 도주를 하는 건 어때? 나라면 재현이에게 평생 잘해 줄 수 있는데.]

그러나 농담도 도가 지나치면 안 되는 법.

'농담도 적당히 해야 하는 법이야, 다크니아스. 그런 말 하면 못 써.'

[알았어. 미안해.]

정령들에게 농담을 많이 하는 재현이 이런 말을 할 때는 딱 하나다. 도가 지나치다는 뜻이다.

재현은 농담을 자주 해도 도를 넘지를 않는다. 도를 넘는 순간 그건 농담이 아니고 언어폭력이라고 인지하고 있기 때문이다.

다크니아스도 이를 알고 재빨리 사과한 것이다. 저녁만 되면 워낙 활발해지기 때문에 가끔 도가 넘는 짓을 하는 다크니아스였다.

'알았으면 됐어. 그래서 어떻게 사냥하면 좋으려나?'

마음 같아서는 손전등을 강하게 비춰서 무력화한 다음에 잡으면 될 것 같지만, 몬스터들이 몰려올 가능성이 컸다.

야행성 몬스터들은 빛에 몰려들기 때문에 더더욱 주의할 필요가 있는 것이다. 고작 두 마리 잡자고 몬스터들이 대거 몰려오면 곤란해지기 때문이다.

'다크니아스. 최대한 요란하지 않은 공격 기술은 없어?'

[나야 그렇게 소음이 심한 공격은 없는데. 문제는 녀석들이 소리를 지를 때지.]

다크니아스의 공격은 소리 없이 상대에게 치명적인 데미지를 줄 수 있는 공격들이었다. 야간 전투에 특화된 공격들로 가득했다.

'좋아, 그럼 나의 지시에 맞춰 공격하자.'

[그래.]

'조금이라도 내가 이상한 낌새가 있으면 바로 말려 주는 것도 잊지 마.'

어둠의 기운에 조금 익숙해졌다고 해도 언제 성격이 변할지 모르니 다크니아스에게 미리 부탁했다. 다크니아스가 고개를 끄덕였다.

[알았어. 그건 걱정하지 마. 말 안 듣는다 싶으면 머리를 때려서라도 정신 차리게 해 줄 테니까.]

재현이 피식 웃으며 고개를 끄덕였다. 그리고 소리를 최대한 죽인 채 앞으로 몇 보 이동하며 지시했다.

'다크니아스, 전투 준비.'

어둠으로 이루어진, 농구공 정도의 크기의 어둠의 공이 다크니아스의 주위로 몇 개 떠돌았다.

다크니아스가 빠르게 나이트 웜에게 도약했다.

높게 뛰어 허공에 머물던 다크니아스가 녀석들이 꿈틀거리고 있는 지상을 향해 손을 뻗었다.

'다크니스 차징 스피어.'

여러 개의 어둠의 창이 녀석들의 몸을 관통한 채 땅에 고정되었다.

"끼이이이익!"

소리는 크지 않았지만 야간이라서 그런지 크게 느껴졌다. 저 정도 소리면 다른 몬스터들이 듣고 오지 않을 것 같았다.

그래도 혹시 모르는 일이니 재빨리 끝내고 수정체만 챙기고 자리에서 벗어나기로 했다. 재현이 재빨리 다시 지시했다.

'다크니아스, 쉐도우 바운드!'

녀석들을 관통했던 어둠의 창의 형태가 변하며 녀석들의 몸을 강하게 옥죄었다. 다크니아스의 공격은 재활용이 가능했다.

녀석들의 몸에서 초록색 피가 흘러내리기 시작했다. 녀석들에게 흐르는 피는 산성액이 포함되어 있는 것 같았다.

수정체를 꺼낼 때 손을 조심해야겠구나 생각하며 다시 지시한다.

'다크니아스. 바운드 커터!'

녀석들의 몸을 강하게 옥죄던 어둠의 줄이 낚싯줄처럼 얇아졌다.

훨씬 얇아졌지만, 여러 갈래로 나뉜 줄은 녀석들의 몸 전체를 휘감고도 남았다. 그리고 더욱 강하게 옥죄니 서서히 녀석의 몸에서 피가 흐르기 시작했다. 생긴 건 지렁이인데 맷집 하나는 끝내줬다.

"끼이! 끼이이이이!!"

녀석이 괴로운 듯 땅속으로 들어가려고 했지만, 헛된 일이다. 이미 전신을 묶은 줄은 녀석과 함께 들어갔다.

다크니아스가 끌어당기니 녀석이 낚싯바늘에 걸린 물고기처럼 끌려 나왔다.

녀석들의 몸이 끝없이 옥죄어 오는 어둠의 줄에 결국 몸이 여러 갈래로 나뉘며 죽음을 맞이했다. 재현은 머리를 긁적이며 다가왔다.

"뭐야, 생각보다 싱겁게 끝났는데?"

별로 한 게 없는데 너무 쉽게 끝냈다. 빨리 끝내려고 하긴 했지만 너무 싱겁게 끝나 뭔가 현실감이 다소 떨어졌다.

정말 B급 몬스터를 잡은 게 맞나 싶을 정도였다. 다크니아스가 의기양양한 표정으로 코를 바짝 세웠다.

"이게 바로 상급 정령이라는 거지."

"게다가 너의 독무대고 말이지?"

어둠의 정령답게 대단하다고 할까.

B급 몬스터를 아무렇지 않게 잡을 수 있는 걸 보면 확실히 상급 정령은 대단한 모양이었다.

재현은 일단 다크니아스의 머리를 쓰다듬으며 칭찬해 주었다. 확실히 상급 정령이 대단하긴 대단했다.

그는 정령화를 하고는 사철로 집게를 만들어 내더니 수정체를 회수했다.

녀석의 피가 묻어 있는 수정체. 회수한 수정체를 물로

닦는 것도 잊지 않았다. 물로 완전히 닦아 내고 깔끔해지자 그제야 손으로 만질 수 있게 되었다.

"다크니아스. 조금 더 사냥하고서 집에 가자."

"나도 바라던 바야. 그간 얼마나 좀이 쑤셨던지."

그간 다크니아스가 나설 자리가 없었는데, 오늘은 완전히 날을 잡았다. 그동안 같이 사냥을 나가도 몬스터에게 저주를 거는 것이 전부였다.

야간에는 그 누구보다도 강한 힘을 낼 수 있는 다크니아스. 낮에는 어느 정도 힘이 약한 것은 사실이지만, 그래도 중급 정령들 못지않은 힘을 낼 수 있었다.

아직 공격 기술을 마음껏 사용하지는 못하지만, 그래도 사냥이 가능할 정도는 되었다.

오늘은 늦게까지 사냥을 하고 돌아가기로 하고 재현과 다크니아스는 다시 야밤에 산을 올랐다.

*　　　*　　　*

남아프리카 공화국, 프리토리아. 아프리카에 원정을 오게 된 지도 벌써 여덟 달은 넘었다.

조환성과 사토는 지루한 표정으로 초원에 드러누워 하늘을 바라보고 있었다.

오늘은 허탕이었다. 몬스터들의 개체 수가 갑자기 줄어든 까닭이다.

각국에서 원정을 많이 오는 시즌이 있는데, 이번이 그랬다. 몬스터들의 짝짓기 시기가 지나고 두 달.

아프리카에는 몬스터들이 많은 덕분에 그 규모도 남달랐다.

워낙 많은 헌터들이 남아프리카에 와서 사냥을 하고 있는 덕분에 몬스터를 찾아보기가 힘들었다.

일루전 컴퍼니에서도 대규모 인원을 편성해서 인원을 더 보냈지만 몬스터 사냥은 어려웠다.

B급 던전에 내려가 사냥을 해도 되지만, 사냥할 수 있는 몬스터의 숫자가 아무래도 제한되어 있다 보니 그러기도 어려웠다.

무엇보다 오크들의 군락까지 내려가서 사냥하기에는 아직까지도 부담이 너무나 컸다.

"원정 기간이 아직 한참 남았는데. 중국에 가고 싶다. 중국 음식이 그리워!"

조환성이 떼쓰듯 말하자 사토가 고개를 끄덕였다.

"저도 일본에 돌아가고 싶네요. 낫토도 먹고 싶고요. 스시도 그렇고……."

타국에 오면 고향에서 먹던 음식은 자연스럽게 먹지 못

하게 된다. 한국에 있으면 그나마 먹을 기회는 있었다.

일본과 중국의 중간에 끼어 있는 덕분에 재료를 쉽게 구입할 수 있었다.

구하지 못한다고 해도 집에 연락해서 보내달라고 하면 며칠 안으로 도착하기 때문이다.

그러나 아프리카는 얘기가 달랐다. 지구 정반대 편에 있는 곳이라서 구입하기가 쉬운 것이 아니었다.

그 와중 멀쩡한 사람은 아일린이었다. 그녀는 총을 전부 분해한 채 총기를 닦으며 기가 찬 표정으로 그들을 바라보았다.

사토는 그렇다 쳐도, 조환성은 이런 일에는 익숙할 텐데 갑자기 왜 이러는지 모르겠다는 표정이다.

"왜 그래, 아저씨? 뭐 잘못 먹었어?"

"고향에 가고 싶다는 것이 잘못 먹는다고 될 일인가?"

"설마 향수병?"

고향을 떠나면 향수병이야 누구든 흔하게 일어나는 법이다. 하지만 조환성은 지금껏 지내면서 고향에 가고 싶다거나, 고향 음식을 먹고 싶다고 한 적은 없었다. 이례적이라고 볼 수 있었다.

"향수병이라기보다는 며칠째 허탕을 치니까 생각나는 것 같지만."

뭐든 심심하면 잡생각이 많이 나는 법이다. 사냥이 원활했다면 고향 생각은 안 하고 어떤 몬스터를 잡으러 갈지 생각하고 있었을 것이다.

"재현이가 보고 싶구만. 그 녀석이 있으면 재미는 있는데."

재현이 귀국하고 나서 빈자리가 얼마나 컸던가. 총알의 소비는 많아졌지, 예전만큼 돈도 많이 벌지 못하고 있었다.

그래도 재현이 큰 수익을 올려 준 덕분에 저축해 둔 돈은 아직까지 한참 여유로웠다.

"그럼 한국으로 가든가."

"원정 끝나고 중국에서 좀 쉬었다가 한국에 놀러 갈까? 한국도 꼭 나쁜 나라는 아니던데 말이야."

"괜찮은 것 같아요."

어차피 중국과 한국은 거리 차이도 얼마 나지 않아 비행기를 타고 가면 금방 도착한다. 사토도 마찬가지였다. 그러나 지금 당장 갈 수 있는 것은 아니었다.

"어휴, 그럼 뭐해. 지금은 갈 수 없는데."

그렇게 한숨을 내쉬며 초원에 누워 뒹굴 거리고 있는데 그들의 무전기에서 벨이 울렸다. 긴급 호출 벨이었다.

"뭐야, 이거. 오작동인가?"

딱히 긴급 호출할 일이 있나 싶었다. 긴급 호출은 몬스터 재해가 일어났을 때 울리는 것이었다. 오작동이나 테스트로 울리는 경우도 왕왕 있었다.

"긴급 호출인데?"

긴급 호출 벨이 울리고 곧 영어로 무전이 흘러나왔다. 조환성과 사토는 그저 멀뚱히 그 얘기를 들으면서 아일린을 바라보았다.

영어를 모르는 그들은 그녀에게 통역해 달라는 시선이었지만, 그녀는 상당히 심각한 표정을 지었다.

무전에서 흘러나오는 말을 전부 들은 아일린이 총기 수입 도구를 다시 집어넣고 총을 조립하기 시작했다.

"아저씨, 사토. 다시 돌아갈 준비해."

"왜?"

"지금 프리토리아 시티가 난리 났대."

아일린이 재빨리 다시 총을 조립하며 탄창을 확인했다. 그 후 총에 결합하며 대답했다.

"몬스터가 나타났다는 모양이야. 한 마리뿐이라고 하지만, 그 몬스터 때문에 도시가 난장판이 되고 있데."

철컥!

순식간에 그녀가 일발 장전하고 총을 등에 멘 채 몬스터 헌터에 탑승했다.

    *   *   *

대한민국 서울. 고요하던 서울에서 갑자기 사이렌이 울려 퍼지기 시작했다.

민방위 훈련하는 날도 아닌데 사이렌이 울려 퍼지자 길거리를 지나던 사람들이 가던 길을 멈추고 귀를 바짝 세웠다.

—국민 여러분, 여기는 소방 방재청 중앙민방위 경보 통제소입니다. 실제 몬스터 습격 경보를 발령합니다. 현재 시각 전국에 실제 몬스터 습격 경보를 발령합니다.

웨에에에에엥~!

갑작스러운 경보에 다들 놀라고 있었다. 설마 갑자기 서울 한복판에 몬스터가 나타날까 행인들이 생각했지만, 곧 그들은 믿기지 않는 장면을 목격해야 했다.

"나, 남산타워가……?!"

긴 철탑이 있어야 할 곳에 철탑 대신 무언가가 대신 서 있다.

그들을 뒤덮은…… 아니, 건물보다도 큰 거대한 그림자에 눈을 휘둥그렇게 떴다. 남산타워의 절반 정도 되는 거대한 존재. 거대한 존재는 남산타워의 철골을 들어 올린 채 서 있었다.

이게 꿈인지 현실인지 다들 못 믿는 표정이었다. 거대한 존재가 주위를 둘러보는가 싶더니…… 손에 들려 있는 남산타워를 집어 던졌다.

콰앙!

남산타워와 정면으로 충돌한 건물이 파괴되었다. 그제야 정신을 차린 사람들이 비명을 지르며 달아나기 시작했다.

평화롭고 인파로 가득했던 서울 한복판에서 아비규환이 펼쳐졌다.

Chapter 06
초대형 몬스터의
출몰 I

갑작스러운 비상 상황. 오작동이기를 바라는 사람이 많았지만, 현실은 그렇지 않았다.

한국만의 문제가 아니라 세계적 재난 상황이었다. 광교산 일대에서 사냥을 하고 있던 재현은 때아닌 헌터 소집에 근처의 헌터 집합소로 향했다.

헌터 집합소에 도착하자 재현은 그제야 상황이 어떻게 돌아가는지 TV 생중계를 통해 알 수 있었다. 헬리콥터 위에서 현재 서울을 촬영하고 있는 기자도 다급한 목소리로 중계하고 있었다.

파괴된 건물과 도시 곳곳에 화재가 일어나고 있었고, 사람들이 초대형 몬스터를 피해 도망치는 것이 촬영되고 있다.

공중에서 촬영하고 있는데도 초대형 몬스터가 어디로 이동하고 있는지 클로즈업을 하지 않아도 볼 수 있었다.

갑작스러운 몬스터의 출몰에 서울이 아비규환 상태다.

정확한 등급은 아직 나오지 않았지만 예측하기로는 S급이라는 것이다.

한국만 그런 것이 아니라 전 세계적으로 초대형 몬스터가 총 12마리나 나타났다는 것이다.

유럽, 아프리카, 중동, 아시아, 아메리카 할 것 없었다. 면적이 넓은 아시아만 5마리의 초대형 몬스터가 나타났다는 것이다.

아시아에 다섯, 중동에 하나, 유럽에 둘, 아프리카에 둘, 아메리카에 둘. 이렇게 총 12마리다.

헌터 집합소에 모인 헌터들은 심각하게 이를 바라보고 있었다. 재현이라고 다를 바 없었다.

"갑자기 이게 무슨 일이야?"

소환하고 있던 운다인, 샐리스트, 다크니아스가 심각한 표정으로 같이 TV를 보고 있었다. 정령들도 사태의 심각성을 파악했다. 한국의 수도가 한 마리의 몬스터에게 처참히 파괴되고 있다.

초대형 몬스터는 현재 국회의사당 쪽으로 향하고 있다

고 했다. 다행히 대통령이 있는 청와대 방향이 아니었다.

서울에 거주한 헌터들도 손을 쓸 방법이 없어서 이렇다할 저항을 하지 못하는 상황. 그럴수록 민간인들의 피해는 늘어 갔다.

마스터 헌터들을 투입해야 하지만 마스터 헌터들도 전국 곳곳에 흩어져 있었다.

나타날 것을 미리 알았다면 서울에서 대기하고 있다가 소탕 작전을 진행했겠지만, 몬스터는 때를 가리지 않았다.

현주에게 연락해 봤지만 비상 상황이니 나중에 연락하겠다며 끊어 버렸다. 그만큼 사태가 위급하다는 뜻이다.

"다행히 초대형 몬스터 외에는 다른 몬스터가 나타나지 않은 것 같지만 피해가 확산되고 있어."

TV 브라운관 너머로 초대형 몬스터가 건물 하나를 더 부순 참이었다. 녀석이 지나가는 자리는 파괴밖에 남지 않았다.

"저걸 우리가 어떻게 상대해?"

재현 외에 상급 헌터가 몇몇 있다고 해도 집합소에 모인 이들의 대다수는 초급과 중급 헌터들이었다. 저렇게 무식하게 강한 몬스터를 상대로 이길 수 있을 리 만무했다.

저런 놈과 싸워야 한다는 생각에 다들 불안을 감추지 못했다.

"집합하신 헌터들은 지금 즉시 서울 보라매 공원 헌터 1 번 집합소로 이동해 주시기 바랍니다."

"보라매 공원이면 국회의사당에서 가까운 곳이잖아!"

"미친. 우리 보고 다 죽으라고?"

최전선에 나가서 직접 싸우라는 말과 같았다.

수도권에 있는 헌터들은 즉시 국회의사당 근방의 헌터 집합소로 모여라.

다른 명령은 없고 아무런 계획도 없이 모이라고만 하고 있으니 당연히 반발이 있을 수밖에 없었다.

"우리 보고 일단 집합해서 초대형 몬스터가 나타나면 소탕하라고 하라는 거야, 뭐야!"

"안 가! 못 가!"

헌터들이 항의를 하며 자리에 주저앉았다. 구체적인 계획이 나오면 모를까, 아무것도 없는 상황에서는 여기서 한 발자국도 나가지 않겠다는 시위였다.

공익근무요원은 난감한 표정을 숨기지 못했다. 헌터들을 보내야 하는데, 그들이 완강히 거부하고 있으니 어찌하지 못했다.

공익근무요원이 무슨 잘못이 있을까…… 상부에서 명령한 것을 하달해 줬을 뿐인 것을. 공익근무요원이 이러지도, 저러지도 못하고 있을 때였다.

"항명하겠다면 훗날 불이익을 감수해야 할 겁니다."

"헌터 집합소의 소장이 우리에게 얼마나 할 수 있다고?"

헌터들이 웃기지 말라는 듯, 어림없다는 듯 자리에서 꼼짝도 하지 않았다. 헌터 집합소의 소장은 헌터들에게 직접적인 명령을 내릴 권한이 없었다. 상부에서 전한 명령을 하달할 뿐이다.

"헌관위 장관이 직접 내린 명령입니다."

그들에게 부가적인 설명을 하자 순식간에 다들 얼음이 되어 버렸다.

"뭐? 말도 안 되는 소리 하지 마!"

"우리가 그런다고 속을 것 같아?"

몇몇의 헌터는 자리에서 일어났다. 하지만 소장의 말을 믿지 않은 헌터들이 불평불만을 했다.

혹시 정말이면 여기서 빠지는 게 좋다고 판단한 사람들이었다. 헌관위 장관이 직접 내린 명령에 항명할 수 있는 자는 존재하지 않았다.

다른 이도 아니고 헌관위 장관의 명령에 항명하면 어떻게 될지는 스스로 잘 알고 있는 탓이다.

헌관위 장관은 헌터들의 대표라고 할 수 있다.

유사시 마스터 헌터의 명령을 듣지 않으면 즉결 처분도 가능한데, 헌관위 장관의 명령에 불복하면 어찌 될까.

상상만 해도 끔찍하다. 명령에 불복하는 사람이 한두 명이 아닐 테니 설마 죽이지는 않겠지만, 최소 헌터 자격 정지 처분이 기다릴지도 모르는 일이다. 그러나 아직도 많은 헌터들이 소장의 말을 믿지 않으니 소용이 없었다.

"그럼 상부에 보고하겠습니다."

"보고할 테면 보고해!"

배 째라는 듯 아예 드러누운 사람이 있을 정도. 하지만 그들의 귀에 곧 아나운서의 목소리가 들려왔다. 서울 상공에서 촬영되고 있던 화면이 끝나고, 아나운서들이 나타났다.

[……이러한 서울의 상황에 헌관위 장관이 지금 막 헌터들을 소집하라 명령했습니다. 수도권 일대에 거주, 혹은 방문한 헌터들이 그 대상입니다. 현재 서울, 경기도, 인천광역시에 있는 모든 헌터 집합소에 명령이 내려졌습니다.]

바닥에 앉고, 드러누우며 시위를 하던 헌터들이 아무 말 못 하고 일어났다.

중계 화면 하단에 '헌관위 장관, 수도권에 거주 혹은 방문한 헌터들 국회의사당으로 집합 명령.'이라는 로고가 나타났다.

TV 화면 앞에서 시위를 하고 있던 사람들이 하나둘 쭈뼛쭈뼛 일어났다. 그들을 보며 헌터 집합소 소장이 말했다.

"어떻게 하시겠습니까? 정말 상부에 보고할까요?"

"크, 크흠!"

"그리고 도망쳐도 소용없습니다."

그제야 거짓이 아님을 알게 된 이들이 헛기침을 하며 자리를 피했다.

헌터 집합소에 모인 이들은 들어오면서 헌터증을 찍고 온 상황. 집합소로 들어온 이상 기록이 남은 것이다.

보라매 공원에 있는 헌터 집합소로 가지 않으면 처벌 대상이 될 것이다.

"다시 전달하겠습니다. 현재 이곳에 모이신 헌터들께서는 보라매 공원 헌터 1번 집합소로 가 주시기 바랍니다."

"빌어먹을."

다들 헌터 집합소를 빠져나갔다. 재현도 같이 빠져나가면서 정령들을 바라보며 말했다.

"가자, 얘들아."

정령들이 비장한 표정으로 고개를 끄덕였다.

*　　*　　*

빠르게 서울로 이동한 재현과 헌터들은 보라매 공원 헌터 1번 집합소에 모두 모였다.

그들이 도착하자 한 것은 일단 헌터들의 등급을 파악해서 따로 나누는 것이다.

상급 헌터의 사냥터가 있는 광교산에 있던 덕분에 상급 헌터도 꽤 모인 상황이었다. 대부분은 초급과 중급 헌터들이었다.

보라매 공원 헌터 1번 집합소의 소장은 헌터 등급에 알맞게 여기서 조를 편성해 명령을 하달했다.

"초급 헌터들은 정해진 구역에서 민간인들이 안전하게 대피할 수 있게 통솔해 주십시오. 중급 헌터들은 만일의 사태에 대비해 보충 인력으로 투입됩니다. 그 전까지는 군·경을 도와 지원, 협력해 주시면 됩니다. 자세한 내용은 킵보이에 공지해 놓았으니 참고해 주시기 바랍니다."

초급 헌터와 중급 헌터들은 소장의 말에 따라 정해진 위치로 각자 이동했다. 이제 남은 것은 상급 헌터들. 소장이 그들에게 다가왔다.

"상급 헌터는 전선에 투입됩니다. 초대형 몬스터가 현재 한강 인근에 있다고 합니다."

역시 덩치가 큰 만큼 보폭이 남다른 덕분에 건물을 부수고 다니면서도 빠르게 도착했다.

"현재 이동 경로로는 마포대교로 향하고 있습니다. 마포대교는 폭파시킬 예정입니다."

"아예 수장시킬 생각인가?"

재현의 옆에 있던 헌터는 그렇게 되기를 바랐다. 재현도 솔직히 말해 초대형 몬스터와 싸우는 건 바라지 않았다. 수장시켜서 더 이상의 피해 없이 막아 내면 좋을 것이다. 하지만 현실은 냉정했다.

"마포대교는 수심이 30미터 정도 됩니다. 초대형 몬스터는 어림잡아 50미터. 충분히 건너올 수 있습니다."

"……."

결국 수장시키는 건 무리라는 소리다. 건너오는 도중 다리를 부러뜨리거나 자르면 되겠지만 그게 쉬운 일일까.

무엇보다 상대는 S-급 이상으로 추측하고 있는 몬스터다. 게다가 덩치도 어마어마하고, 가죽도 상당히 두꺼워 보였다.

최대한 검을 깊게 찔러도 녀석에게는 큰 타격을 주지 못할 것이다.

지금 작전은 최대한 상급 헌터들을 활용해 초대형 몬스터의 진격 속도를 늦추고, 유리한 상황을 만들어서 녀석을 상대하는 것이다.

"이동 속도를 충분히 늦출 수 있고, 그 틈에 공격해서 최대한 피해를 입히겠다는 소리로군요."

재현의 말에 소장이 고개를 주억였다. 녀석의 체력이 꽤 좋아 보이긴 하지만 공격을 당하면 훨씬 약해질 것이다.

"마스터 헌터들이 몇몇이 서울에 도착했고, 마포대교 인근에서 대기하고 있습니다. 작전이 시작되면 상급 헌터도 마스터 헌터들과 함께 초대형 몬스터 레이드를 시작할 겁니다."

작전은 간단했다. 녀석이 강물에 빠지면 그때 일제히 공격하는 것이다. 최대한 피해를 입힌 후, 안전하게 빠져나오고, 그때 마스터 헌터가 투입해 사냥한다. 상급 헌터도 할 것이 그리 많은 것은 아니었다.

*　　　*　　　*

다시 마포대교로 차를 타고 이동한 재현은 상급 헌터가 200여 명이나 모인 것을 보고 눈이 휘둥그레졌다.

전국에 흩어진 상급 헌터들은 지금도 계속해서 모여들고 있었다. 심지어 외국에서 온 상급 헌터도 초대형 몬스터를 소탕하기 위해 힘을 합치기로 했다.

한강 주위로 수많은 군인과 특경대, 민간 헌터들이 국가에서 보유하고 있던 대괴수용 섬멸탄을 장전한 채 대기 중이었다.

수원 도심 한가운데에서 몬스터들이 갑작스럽게 출몰한

사건을 계기로, 예산을 늘려 각 부대마다 무기고에 대괴수 용탄을 보급한 것이다.

포병들도 몇십 킬로미터 떨어진 위치에서 마포대교를 향해 조준하는 중이었다.

다들 긴장한 표정이 역력했다.

무지막지하게 큰 몬스터가 이쪽으로 빠르게 다가오고 있으니 긴장하는 것도 무리는 아닌 것이다.

재현도 긴장하고 있었다. TV로 녀석을 보긴 했지만 직접 마주쳐야 한다는 두려움을 가지고 있었다. 이 와중 윤정이 가장 염려가 되었다.

윤정은 서울을 오가며 출근하기 때문에 혹시 다치지 않았는지 걱정된 것이다.

헌터 전문의는 이러한 상황에서 가장 먼저 하는 것이 헌터들을 수송하고 치료하는 것이다. 때로는 이런 전쟁터 같은 곳에 오기도 한다.

"게다가 통화도 안 되고."

전화가 안 되는 이유는 통화량이 급증했기 때문일 것이다. 이런 상황이니 통화량이 급증하는 것도 이상하지 않다.

혹시나 해서 문자를 보내 놓았지만 답장은 오지 않는다. 아무런 반응도 없는 휴대폰을 만지작거리며 걱정이 커졌다.

"윤정이는 걱정하지 마. 분명 무사할 거야. 윤정이는 강하잖아! 분명 바빠서 전화를 볼 겨를이 없는 걸 거야."

운다인은 옆에서 불안해하고 있는 그가 걱정하지 않도록 위로해 주었다. 그렇게 위로를 해 주니 심적으로 안정되는 기분이었다. 재현은 고맙다며 운다인의 머리를 쓰다듬어 주고 강 너머를 바라보았다.

정찰기들이 서울 상공을 비행하며 초대형 몬스터의 위치를 알리는 동시에 마포대교로 유인하고 있었다.

전투기가 저공비행을 하자 굉음이 고막을 때렸다. 다른 헌터들도 귀를 막고서 이를 주시했다. 전투기들이 저공비행을 하고 있으니 굉음이 장난이 아니다.

상공을 떠돌고 있는 것은 전투기뿐만이 아니었다. 한국의 공군 전력의 대다수가 모인 게 아닌가 할 정도로 많았다.

흔적도 없이 녀석을 사라지게 만들 속셈인 것 같았다. 작전은 상당히 좋다고 평가할 수 있었다. 물에 빠져 움직임이 둔해진 몬스터를 상대로 무차별 폭격을 할 생각이다.

쉬이이이잉—!

'고막 터지겠네.'

재현만 그런 게 아닌지 다들 귀를 막아도 눈살을 찌푸리고 있었다. 엔진 소리가 워낙 큰 탓에 귀를 막아도 막은 것 같지 않았다.

[오고 있어요!]

노임의 텔레파시에 재현이 다시 정면을 바라보았다.

땅에서 미약하게 진동과 함께 저 멀리서 거대한 덩치의 초대형 몬스터가 보였다. 마포대교 건너편에서 녀석이 모습을 드러낸 참이었다.

"엄청 크네."

굉장히 먼 거리인데 녀석이 워낙 큰 덕분인지 눈에 확 들어왔다. 말이 50미터지, 직접 보니 100미터는 넘는 게 아닐까 하는 생각이 들었다.

"녀석이 마포대교를 건너려고 하고 있다!"

텅 빈 대교 위를 녀석이 건너려고 할 때였다.

콰과과광!

폭발과 함께 마포대교가 순식간에 무너졌다. 녀석이 마포대교에 발을 붙이기도 전에 발을 디딜 곳이 사라졌다. 녀석이 균형을 잃고 강물에 빠졌다. 하지만 역시 키가 문제였다. 강물에 빠졌어도 녀석이 일어서니 가슴까지밖에 차오르지 않았다.

그 즉시 신호탄이 위로 쏘아졌다. 파란색의 신호탄. 공격 준비를 알리는 것이었다.

헌터들에게도 신호탄의 색깔과 의미를 전부 전파했기 때문에 다들 공격 준비를 서둘렀다.

그때 전투기들이 강이 흐르는 방향으로 날아왔다.

가장 먼저 전투기가 미사일과 총알을 발사했다. 대괴수 섬멸 미사일이다.

군에서 운용하고 있는데, 어지간한 A급 몬스터도 큰 데미지를 입히는 미사일이다.

헬리콥터도 마찬가지였다. 수십 개의 대구경 총알이 녀석을 향해 쏟아졌다.

녀석의 몸에 미사일이 꽂히며 폭발을 일으켰다. 폭발과 함께 물이 하늘로 크게 치솟아 올랐다. 검은 연기와 함께 수증기가 발생했다.

전투기와 헬리콥터가 급히 철수했다. 곧이어 하늘에서 요란한 소리와 함께 포탄이 떨어졌다. 포병의 폭격이었다.

포탄들이 강물에 떨어지며 물기둥이 치솟아 올랐다. 포격이 멈추자, 또 다른 신호탄이 발사되었다.

촤아아악!

붉은색 신호탄이다. 정면을 향해 발사되자, 보병과 저격수들이 일제히 방아쇠를 잡아당겼다.

폭발과 함께 강물이 줄어들면서 희뿌연 안개가 시야를 가려 녀석이 있던 방향으로 총을 발사하는 것이다. 전차도, 장갑차도 일제히 불을 뿜었다.

모든 탄을 다 쓰고나서야 사격 중지 신호탄이 발사되었

다. 충격이 멈추자, 순식간에 주위가 고요해졌다.

"뭐야, 헌터가 나설 필요는 없었을 것 같은데?"

한 헌터가 웃으며 말했다. 이 정도면 분명 녀석에게 큰 피해를 입혔을 것이라 생각했다. 이 정도면 S급 몬스터라도 몸이 성할 리 없었다. 재현도 그렇게 믿었다. 하지만 계속 뭔가 불안감이 밀려왔다.

'이대로 죽었으면 다행인데.'

그럼 이 사태는 끝난다. 서울의 일부가 녀석에게 파괴되었지만 이 정도로 끝나면 다행이다. 하지만 자꾸 불안한 이유는 무엇일까?

녀석의 침묵이 계속 거슬렸다. S급 몬스터라도 이런 무지막지한 공격을 받으면 멀쩡할 리 없다는 것은 상식이다. 죽이지 못할 것이라는 건 다들 인지한 상황이다.

혹시 저렇게 큰 덩치면서 S급 몬스터가 아니라, A급 정도 되는 게 아닐까, 라는 생각이 머릿속에 피어올랐다.

처음 보는 몬스터라서 제대로 측정을 하지 못해서 그런 게 아닐까 생각하는 것이다. 하지만 운다인이 소리쳤다.

"재현아, 조심해!!"

운다인의 외침과 함께, 희뿌연 안개 속에서부터 뭔가가 날아오는 소리가 들려왔다.

정령계에 있던 메타이온이 현계에 나타나며 주위로 거

대한 강철의 장벽을 만들어 냈다.

갑자기 날아든 무언가가 강철의 장벽에 부딪치며 공명한다. 엄청난 소리가 가까이에서 울려 퍼지자 근처에 있던 사람들이 비명을 지르며 쓰러졌고, 토악질을 했다. 재현도 마찬가지였다.

철끼리 부딪치며 울림이 퍼진 탓에 달팽이관을 자극한 것이다.

잠깐의 시간이 지나고, 어지럼증이 진정되자 그는 주변을 볼 수 있었다.

다량의 긴 철골, 철제 빔이 사방에 쓰러져 있다. 그리고 주위에는 많은 수의 헌터와 군경이 피를 흘린 채 쓰러져 있었다.

"부상자 발생! 부상자 발생! 빨리 옮겨!"

주위가 시끄러워지며 멀쩡한 사람들이 재빨리 부상자들을 옮기기 시작했다. 재현은 귀를 매만지며 뿌옇게 안개가 진 정면을 바라보았다.

안개가 바람에 의해 서서히 걷히고, 녀석의 모습이 눈에 들어왔다. 이를 본 헌터들은 하나같이 입을 다물지 못했다.

"마, 말도 안 돼."

"하느님 맙소사."

그 어마어마한 화염 속에서도 녀석은 멀쩡히 이쪽을 노

려보며…….

"크워어어어어!!"

엄청난 괴성을 내뿜었다.

* * *

"허, 헌터들 앞으로! 전투 준비!"

좌아아아악!

하늘 위로 주황색 신호탄이 터졌다. 헌터들 준비 신호였
다. 설마 그렇게 쏟아 냈는데도 저 정도밖에 안 다치다니.

녀석의 몸에는 피가 흐르고 있었지만 심하게 다친 것도
아니었다.

'못 해도 미사일과 포탄 합해서 수백 발은 쏟아 냈는데
저 정도면…….'

핵폭탄이라도 떨어뜨려야 죽일 수 있지 않을까 생각하
는 재현이었다. 이 정도면 흔적도 없이 사라질 것이라 생
각했는데 멀쩡하니 두려웠다.

최소한 팔 한쪽이라도 날아갔다면 이 정도로 겁먹지 않
았을 것이다.

팔 하나가 없다면 그만큼 녀석의 전투력에도 영향을 미
치니까. 게다가 시간이 지나면 알아서 과다출혈로 죽었을

것이다.

다시 빨간색 신호탄이 발사되고, 헌터들이 일제히 힘을 끌어 올려 녀석을 향해 힘을 가한다. 다양한 속성의 공격이 녀석을 향해 날아간다.

콰콰콰콰쾅!

초대형 몬스터의 몸에 제대로 맞았다. 사이코키네시스, 텔레키네시스 능력자들은 녀석이 날린 철골들을 들어 올려 다시 날렸다.

"운다인, 썬다이넨, 다크니아스!"

재현도 가만히 있을 수 없었다. 운다인과 썬다이넨, 다크니아스가 일제히 정령력을 사용하며 초대형 몬스터를 향해 공격을 날렸다.

재현도 정령화를 통해 녀석에게 공격을 꽂아 넣었다. 이곳에 모인 상급 헌터들의 목적은 최대한 녀석에게 데미지를 입히는 것이다.

수백 가지의 공격이 초대형 몬스터에게 꽂힌다. 미사일이 꽂힌 것보다 굉음은 나지 않았지만 분명 녀석에게 데미지를 입히고 있었다.

"미친, 맞으면서 오고 있잖아!"

하지만 S급 몬스터면 상급 헌터들 여럿이 달려들어도 상처 입히기 힘들다고 생각은 했다. 그래도 200명이 넘는 헌터들이 있으면 어떻게든 데미지를 줄 수 있을 것이라 파악했다.

후자는 맞았다. 200명의 헌터들이 다양한 기술을 일제히 쏟아 내고 있으니 화력이 높아져 녀석에게 데미지가 들어갔다.

피부가 찢어지고 있었고, 피가 나고 있었다. 하지만 그뿐이었다. 녀석은 팔을 겹쳐 머리를 보호한 채, 성큼성큼 물속을 걸으며 이쪽으로 건너오고 있다.

다들 열심히 공격을 가하지만 별다른 피해를 입히지 못하자 얼굴이 사색으로 변해 버렸다. 그때였다.

콰오오오!

거센 바람이 불어오더니 회오리가 몰아쳤다. 물이 함께 딸려 올라오며 녀석을 동시에 압박했다.

"저건……."

재현은 저 회오리바람이 많이 낯이 익다는 걸 깨달았다.

"쿠워어어어!"

아무런 반응이 없던 녀석이 고통에 찬 괴성을 질렀다. 갑작스럽게 몰아친 회오리바람에 다들 얼굴이 멍해졌다.

"뭐, 뭐야?"

"누가 하는 거지?"

헌터들은 주위를 둘러보았지만 회오리바람이 몰아치고

나서 아무도 공격을 하는 사람을 찾아볼 수 없었다.

그러자 누군가가 주위를 한참 둘러보다가 무너지다 만 다리를 가리켰다.

"저기 다리 기둥 위에 다섯 명!"

모든 이들의 시선이 무너지다 만 다리 기둥 위로 향한다. 거기에는 어떤 헌터가 소리친 대로 다섯 명의 인영이 보였다.

멀어서 보이지 않지만 다들 얼굴이 밝아졌다. 이런 어마어마한 기술을 사용할 수 있는 헌터라면 딱 하나밖에 없다.

"마스터 헌터다!"

헌터들이 환호했다. 헌터뿐만 아니라 철수 준비하던 군인들도 환호했다. 대한민국 5인의 대표적인 헌터, 마스터 헌터의 등장이었다.

'설악산 몬스터 준동 때 봤던 그 마스터 헌터들이로군.'

세 명은 설악산에서 몬스터 준동이 일어났을 때 본 이들이었다. 당연히 한 명은 현주였고, 나머지는 오늘 처음 봤다.

분명 그 회오리바람은 현주가 한 것이 틀림없었다. 정령 일체화를 한 듯 현주의 몸은 연두색 빛으로 가득했다.

"우워어어어!!"

녀석이 다시 괴성을 지르더니 갑자기 잠수를 했다. 공격을 피해 물속으로 잠수한 것인가, 아니면 힘을 다해 쓰러진 것인가.

하지만 이 정도로 쓰러질 리 없다는 생각이 들었다. 아니나 다를까, 강 속에 잠수했던 녀석이 튀어나왔다. 녀석은 다리 기둥 바로 앞에 나타나며 주먹을 휘둘렀다.

녀석의 주먹에 다리 기둥이 무너졌다.

"허억!"

이를 지켜보던 헌터들의 눈동자가 휘둥그레진다. 설마 마스터 헌터들이 이렇게 쉽게 당하는 것인가!

하지만 다행히 그들이 염려했던 것은 일어나지 않았다.

"아직이야! 공중에 떠 있어!"

아직 마스터 헌터들은 포기하지 않았다.

＊　　　＊　　　＊

대한민국의 5인의 마스터 헌터. 그들은 공중을 부양한 채 초대형 몬스터의 어깨 위에 안착했다.

정송우, 이정훈, 김새영, 진유혁 그리고 박현주. 대한민국 헌터 중 꼭대기에 있는 다섯 명의 헌터가 국가비상사태를 해결하기 위해 한자리에 모여 사냥을 개시하고 있다.

이정훈은 초대형 몬스터의 인근에서 계속 날아다니고 있었다. 진유혁, 중력을 다스리는 중력술사. 그가 그들만을 무중력 상태로 만들고, 현주가 바람을 조종해 자유자재로 이동했다.

"실라이론과 제가 타격을 가했는데 멀쩡하군요."

어지간한 몬스터라면 그 즉시 하늘 위로 날아가거나, 최소한 가죽이라도 갈기갈기 찢기는 것이 정상이건만.

이 초대형 몬스터는 큰 부상을 입기는 했지만 아직도 움직였다.

녀석이 팔을 붕붕 휘두르며 어떻게든 그들을 잡아내려고 했지만, 녀석의 사정거리 밖에 있는 터라 맞을 일은 없었다.

녀석이 팔을 휘두를 때마다 강한 바람이 몰아치고 있었다. 하지만 실라이론이 바람을 막아 주는 까닭에 어떤 영향도 없었다.

그들은 가만히 있으면서 간간이 녀석을 공격하며 시선이 계속 이쪽으로 향하게 했다. 한동안 초대형 몬스터를 바라보던 송우는 몬스터의 어깨에 있던 정훈이 두 팔을 들어 흔들자 이내 진유혁을 바라보았다.

"진유혁 씨. 정훈이를 올려주세요."

"예, 알겠습니다."

점잖은 말투와 여유까지 느껴지는 모습으로 손을 들어 올리자 녀석의 어깨에 있던 정훈이 곧 그들의 곁으로 합류했다.

송우가 그에게 물었다.

"어때?"

정훈은 신체 강화 능력자이면서 상대의 신체도 파악할 수 있었다. 직접 손으로 만져보고 신체를 파악한 정훈은 말도 안 된다는 표정을 지었다.

"몸이 엄청 단단하던데? 가죽도 두껍고 말이야. 저 녀석은 존재 자체가 재앙이야."

신체 강화 능력자인 그는 녀석의 몸이 얼마나 말도 안 되는지 뼈저리게 깨달은 참이었다. 트윈 헤드 오우거조차 혼자서 붙잡아 놓을 수 있을 만큼 강력한 능력자인 정훈.

송우가 물었다.

"붙잡을 수 있겠어?"

그는 고개를 저었다.

"버틸 수 있다고 해야 할지…… 버텨도 1초? 그 이후에는 말과 연결된 줄에 사지가 묶인 죄인처럼 팔이 다 뽑히겠지."

버티는 것은 크게 의미가 없다는 소리였다. 녀석을 단단히 붙들고 공격하는 것은 기각했다.

새영은 한참을 고민하다가 고개를 저었다.

"난 수장시키는 방법을 생각 중이었는데, 역시 저 덩치면 분명 폐활량도 만만치 않겠지?"

"어지간해서는 소용없겠지. 두 다리를 잘라 내거나 부러뜨리지 않는 이상 수장시키는 건 분명 무리야."

무엇보다 남산타워에서 이곳까지 보이는 모든 것들을 파괴하며 달려왔는데도 지치지 않았던 걸 보면 체력도 문제였다.

상부에서는 아직 이 초대형 몬스터의 등급을 제대로 파악하지 못했다. 최소 S-로 지정했는데, 이 정도면 충분히 S급 몬스터로 분류해도 될 것 같았다.

"물리, 속성 공격도 안 하지만 그 무시무시한 포격을 맞고 사지 멀쩡한 걸 보면 충분히 S급이야. 분명한 재앙이지. 우리끼리 잡을 수 있을까?"

누군가가 S급을 마스터 헌터 다섯 명이서 잡는다고 묻느냐면 아슬아슬하다고 대답할 것이다. S급 몬스터는 통상 마스터 헌터가 일곱은 되어야 잡을 수 있다고 한다.

물론 평균적인 수치지, 다섯으로 못 잡는다는 소리는 아니었다. 그래도 아슬아슬한 건 부정할 수 없었다.

대한민국의 5인의 마스터는 이런 무시무시한 몬스터가 출몰할 시를 대비해 같이 연대를 하고 서로의 능력을 파악하기도 했다. 또 평소에도 시간이 남을 때면 팀워크도 맞췄다.

"그럼 방법은 딱 하나로군요."

진유혁이 하얀색 장갑을 벗어 던지더니 손을 풀기 시작했다.

"수정체를 부숴 버리는 겁니다."

몬스터의 몸에는 반드시 있다는 수정체. 몬스터들의 생명 기관은 바로 수정체였다. 녀석들의 심장이나 다름이 없다.

그것만 파괴시켜 버리면 제아무리 질긴 생명력을 가진 몬스터라도 죽을 수밖에 없었다.

송우는 턱에 손을 얹으며 고개를 끄덕였다. 초대형 몬스터에 대한 정보는 그들도 모른다. 킵보이는 진즉에 사용해 봤다.

정보가 없다고 뜰 뿐이다. 다른 방법은 마땅히 없었다.

지금까지 출현한 적이 없는 몬스터이기 어떤 방식으로 공격해 올지 예측하지 못한다.

오직 육체만 사용하는 몬스터일지, 속성 공격도 가능할지 파악할 수 없다. 녀석을 사냥하면서 확인을 해야 한다.

빨리 수정체를 파괴시키는 게 답이라고 판단했다.

녀석에 대해 아무것도 모르는 상황이니 조심해야 하지

만 신속히 처리해야 되는 문제이기도 했다.

"흠…… 확실히 그게 확실하겠군요. 저런 녀석쯤 되면 분명 상부에서도 수정체를 탐내고 있겠지만 중요한 건 재빨리 소탕하는 거겠죠."

"도시 몇 곳에 전력을 공급할 만한 수정체겠죠. S급 몬스터들은 하나같이 엄청난 에너지원을 가진 수정체를 가지고 있으니까요. 아깝긴 하지만 파괴시키는 게 답입니다. 하지만 저런 녀석을 우리가 잡을 수 있을까요?"

좀 불안한 면이 없잖아 있었다. 속성 공격을 해 오지 않는다 하여도 녀석의 단단한 육체가 문제다.

힘이 다하기 전까지 해결해야 한다. 힘을 다하면 절대 이길 수 없다. 결코 쉬운 일은 아니었다.

가만히 있던 현주의 몸에서 연두색 빛이 강렬해졌다.

"부딪쳐 보지 않고는 모르는 일이죠. 계란으로 바위 치기인지 어떤지는 아직 모르잖아요. 설사 계란으로 바위를 치는 일이라도 하라고 하면 해야 하는 게 우리이고요."

공감하듯 유혁이 고개를 끄덕였다.

"현주 씨의 말이 맞습니다. 반드시 일을 끝내야 하죠. 우리가 아니면 누가 할 수 있겠습니까."

송우가 강 건너에 집결해 있는 헌터들을 바라본다. 상급 헌터들과 군인 다수가 강 건너에서 이쪽을 주시하고 있다.

유혁은 맞는 말을 했다. 자신들이 아니면 그 누가 이 몬스터를 상대하겠는가.

해 보지 않고서는 모른다. 해 봐서 손해 볼 건 없다. 되면 좋고, 안 되면 어쩔 수 없다. 그뿐이었다.

"수치상 순간 위력만 보자면 송우 씨보다 현주 씨가 훨씬 더 강력합니다."

마스터 헌터 사이에서도 누가 더 강한지 서열이 정해져 있다. 공식적인 기록으로 송우가 대한민국 마스터 헌터 중 단연 1위이다. 그에 반해 현주는 4위이다. 그렇지만 순간 위력은 결코 무시할 수 없었다.

그녀가 보이는 순간 위력은 하늘도 가를 만큼 무시무시한 것이기 때문이다. 생존의 시대 막바지에 그 모습을 딱 한 번 본 적 있는 송우이기 때문에 그 위력을 잘 알고 있었다.

그와 현주가 눈이 마주쳤다. 그녀가 빙긋 웃었고, 그가 고개를 끄덕였다.

"해 보지요."

그들의 각오가 느껴지자 진유혁의 얼굴에도 미소가 피어올랐다. 점잖고도 편안해 보이는 미소였다.

"수정체가 있는 방향은?"

송우가 정훈에게 시선을 향하자 그가 답해 주었다.

"복부 중앙에 있었어."

"가죽이 가장 두꺼워 보이는 곳이로군."

하필 있어도 까다로운 곳에 있다고 생각하며 혀를 차는 송우였다. 투덜거리는 걸 보면 아직 여유가 있다는 것으로 알고 유혁이 빙긋 웃었다.

"우리는 최대한 시간을 끌도록 하지요. 마무리를 부탁하겠습니다."

정훈, 새영, 유혁이 초대형 몬스터를 향해 나아간다.

"후우, 이건 쓰고 싶지 않았는데. 하필 배워도 부담감이 큰 마공을 배워서는……."

그의 이마에 핏줄이 튀어나오며 눈의 흰자위가 순식간에 빨갛게 물들기 시작했다.

"저도 최대한의 힘으로 승부를 보도록 하죠."

그 틈에 송우와 현주가 나란히 서서 힘을 끌어 모으기 시작했다. 어마어마한 기운이 송우의 전신을 감쌌다.

현주의 두 손에는 작지만 강력한 폭풍이 몰아치기 시작했다. 자신의 힘을 극한까지 끌어 올리는 필살기로 승부를 보려는 것이다.

정훈, 새영, 유혁은 초대형 몬스터의 시선을 돌리며 공격을 시작했다. 한 번 꽂히는 위력부터가 달랐다.

녀석의 복부를 집중적으로 공격해 상처를 내고, 틈을 만들려고 한다. 이쯤 되니 녀석도 무엇을 하려는 것인지 깨달은 듯 복부를 손으로 가렸다. 하지만 녀석의 팔이 뒤로 크게 젖혀졌다.

"어딜!"

정훈도 필사적으로 자신의 능력을 극한까지 끌어내 녀석의 오른쪽 팔을 붙잡았다. 버텨 봤자 몇 초 정도. 하지만 그것만으로도 충분했다.

가장 먼저 송우가 허공을 밟으며 녀석에게 대포알처럼 쏘아졌다. 그의 검이 위태롭게 떨렸다. 맹렬한 기운을 머금은 검강을 녀석의 복부를 향해 휘둘렀다.

하지만 초대형 몬스터는 남아 있던 왼쪽 팔로 방어했다. 팔이 순식간에 절단되며 한강에 녀석의 피가 쏟아졌다.

송우가 한강으로 떨어지며 씩 웃었다. 자신의 역할은 끝났다. 나머지는 현주가 알아서 할 것이다.

"휩쓸리기 전에 피하세요."

작은 목소리지만, 현주의 말은 마스터 헌터 전원의 귀에 박혔다. 현주의 손에서 연두색 빛과 함께 폭풍이 몰아쳤다.

Chapter 07
초대형 몬스터의
출몰 II

"응급 환자 추가 발생! 당장 수술실로 옮겨야 해요!"

"수술실이 만원인데 어떻게 하라는 거야!"

"심장 정지! 심장 제세동기 가지고 와!"

한편 서울에 위치한 헌터 전문 병원은 또 다른 전장이었다.

평시에는 헌터들을 위주로 환자를 받는 곳이지만, 오늘은 민간인과 군인, 헌터 할 것 없이 다 받고 있었다.

환자들이 너무 많아 전부 돌볼 여력이 없을 정도였다. 오늘 비번인 의사들과 간호사들 모두 긴급 상황으로 인해 모두 출근한 채 24시간 풀가동이었다. 헌터 전문 병원이 생긴 이래 가장 바빴다. 자연적으로 비상 체제에 돌입할 수밖에 없었다.

환자들을 돌보기 위해 민간 외과 병원에서도 힘을 다하고 있었다.

윤정의 하얀 가운은 환자들의 피로 붉게 물들어 있었다. 그녀는 비명과 절규로 가득한 응급실에서 환자들을 치료하고 있었다.

그녀는 한 환자를 붙잡고 심폐소생술을 하는 중이다. 어린 환자다. 아직 초등학교도 들어가지 않았을 어린아이를 살리기 위해 고군분투하고 있다.

삐— 하고 일정한 음으로 울려 퍼지는 기계음조차 무시한다. 살릴 수 있다. 제발 포기하지 말라고 아이에게 부탁한다.

"허 선생님."

간호사가 그녀를 부른다. 하지만 대답이 없다. 들리지 않았다. 그녀는 땀으로 가득했지만 멈추지 않았다. 간호사가 그녀의 어깨에 손을 얹고서야 그녀가 뒤를 돌아보았다. 간호사는 고개를 저었다.

"그만……하세요. 보호자께서 그만하라고 하셨어요."

아이의 어머니가 바닥에 주저앉으며 울고 있다. 윤정의 시선이 심전도(심장박동 그래프)로 향했다. 일자로 쭉 그어졌다.

전혀 흔들림 없이 일정한 음만을 내고 있었다.

이번에는 아이를 내려다보았다. 옷이 피로 물든 아이의 눈이 초점을 잃고 천장만 바라보고 있었다.

아이는 세상을 마저 살지 못하고 이른 나이에 저물었다. 윤정이 입을 꾹 다물었다. 너무나 잔혹한 일이다.

놀이터에서 놀고 있다가 초대형 몬스터가 던진 남산타워의 부서진 파편에 맞은 아이다.

그녀는 떨리는 손으로 아이의 눈을 감겨 주고 얼굴에 천을 덮어 주며 시간을 확인했다.

"오후 1시 27분…… 사망했습니다."

생각해 보니 아이의 이름을 모른다. 신분을 확인할 만큼 여유로운 상황이 아니었다는 소리였다.

의사가 되어서 환자에게 처음 내리는 사망 선고. 입이 너무도 무겁게 느껴졌다. 그러면서 반드시 해야 하는 의무가 잔인했다.

아이의 어머니의 울음소리는 더 커지고, 곧 혼절했다. 타인인 그녀의 마음도 이렇게 아픈데 부모는 오죽하겠는가.

간호사가 황급히 아이의 어머니를 옮겼다.

"사, 살려 주세요."

그녀의 귀로 다른 환자의 목소리가 들려온다. 그녀는 의사다. 눈앞에 환자가 있는 이상 가만히 있을 수 없다.

살아 있는 사람은 살려야 한다. 마음이 아프지만 가만히 있을 수는 없다.

한 명이라도 더 살려야 한다. 그녀는 터져 나오려는 울음을 꾹 참고, 다음 환자를 향해 뛰어갔다.

그녀가 두 발로 뛰는 전장도 녹록지 않았다. 그녀의 싸움은 이제 시작일 뿐이다.

*   *   *

거대한 폭풍이 녀석을 집어삼키고, 물안개가 주위로 퍼졌다. 그녀는 한 가지 확신할 수 있었다.

'이런, 너무 급하게 했어.'

현주는 고운 얼굴에 주름을 만들며 인상을 찌푸렸다.

압도적인 힘으로 녀석을 벨 수 있을 것 같았지만, 급하게 만든 탓인지 예상보다 강한 힘을 내지 못했다.

물안개가 걷히자, 곧 녀석이 모습을 드러냈다.

녀석은 상처투성이의 몸으로 아직도 서 있었다. 확실히 강한 힘으로 녀석을 공격했지만 녀석을 완전히 침묵시키기에는 무리였다.

"크워어어어!!"

녀석의 괴성이 쩌렁쩌렁 울리며 주위로 충격파가 퍼져 나갔다.

마스터 헌터들이 그 충격파에 맞고 날아갔다.

"실라이론!"

현주의 외침에 실라이론이 즉각 반응하며 땅에 안전하게 착지할 능력이 없는 이들을 도와주었다. 현주와 마스터 헌터들은 순식간에 강 건너로 도착했다.

"큭! 좀 얕았나?"

"제 실수입니다. 제가 마음이 급해서 제대로 힘을 쓰지 못했어요."

힘은 힘대로 쓰고, 기회는 기회대로 날렸다. 현주는 스스로를 자책하며 숨을 거칠게 내쉬었다.

쓰는 것까지는 괜찮은데, 정령력을 한계까지 끌어 올린 후 사용하는 것인 터라, 정령력의 고갈이 심할 수밖에 없었다.

"스승님!"

현주는 뒤에서 익숙한 소리가 들려오자 앓는 소리를 냈다. 뒤를 돌아보니 재현이 그녀에게 다가오고 있었다.

"이런. 제자님도 보고 계셨군요. 창피한 모습을 보였네요."

수도권에 있는 모든 상급 헌터들을 이곳으로 투입시킨다고 했는데 이렇게 가까운 곳에 있을 줄은 몰랐다.

"괜찮으세요?"

재현의 물음에 현주가 미소를 보여 주었다.

"네, 물론이죠. 제자님의 스승은 이 정도로 쉽게 쓰러지지 않는답니다."

사실 어지러워 쓰러지고 싶은 심정이지만, 강한 모습을 보이고 싶은 것이 현주의 마음이었다.

무엇보다 아직도 보는 눈이 많기 때문에 더욱 강한 모습을 보여야 했다. 마스터 헌터가 쓰러지면 전열이 무너질 테니까.

후퇴는 하더라도 최대한 사기는 떨어지지 않게 해야 하지 않겠는가.

녀석을 쓰러뜨릴 만한 순간 위력을 지닌 송우와 현주는 이미 잔뜩 지친 상황이다.

여기서 같은 힘을 내기는 어려울 것이다. 송우나 현주는 이미 거친 숨을 내쉬고 있었다.

어지간해서는 힘든 티도 내지 않는 그들이지만, 지금만큼은 힘을 많이 소비했다는 뜻이었다.

"일단 치료수와 정화수를 만들게요. 운다인, 부탁해."

"알았어."

현주가 고맙다고 말한 후, 다시 정면으로 향했다.

초대형 몬스터가 주먹으로 있는 힘껏 강물을 때렸다. 파도가 일어났지만, 그 정도로는 물을 범람시키지는 못했다.

녀석은 이내 갑자기 물속으로 몸을 던졌다. 헤엄을 쳐서 오려는 것인가 생각했지만 아니었다.

녀석이 무너져 내린 마포대교의 자재들을 손 안에 잔뜩 쥐고 일어났다.

녀석은 그 자재들을 일제히 이곳을 향해 날렸다. 철제 빔, 콘크리트 할 것 없이 이쪽을 향해 날아오고 있었다.

"바, 방어해!"

헌터들이 일제히 능력을 사용해 갖은 방법으로 방어를 하기 시작했다. 아무런 능력도 없는 군인들은 건물에 들어가거나, 헌터들 뒤로 갔다.

재현도, 현주도 가만히 있지 않았다.

"운다인! 메타이온!"

치료수와 정화수를 만들던 운다인이 하던 것을 멈췄다. 즉시 강물을 끌어 올려 물의 장벽을 만들고, 메타이온은 물의 장벽 뒤로 강철의 장벽을 만들어 냈다.

빠른 속도로 날아오는 물체가 부딪치면 공명하기 때문에 장애물을 만들어 충격을 어느 정도 흡수하려는 것이다.

"실라이론! 토네이도 어택!"

실라이론의 손에서 회오리바람이 몰아치고, 공중에서 여러 갈래로 나뉘어졌다. 대다수의 자재들이 실라이론의 역풍을 맞아 강물 위로 떨어졌다. 하지만 전부 다 쳐 낸 것은 아니었다.

쾅! 쾅! 콰콰쾅!

철제빔과 콘크리트들이 헌터들이 만들어 낸 방어 기술에 막혔다. 하지만 일부에서는 방어벽이 무너져 사람이 깔렸다.

"끄아아아악!"

다리와 몸이 깔린 헌터들. 방어 기술을 사용하지 못하는 헌터들은 자재들을 들어 올리며 구조했다.

방금 전 초대형 몬스터의 공격으로 헌터와 군인들이 사망하거나 부상을 입었다.

"큭! 그냥 무작정 던져 대는 건가?"

녀석은 몇 차례 더 날렸지만, 딱히 누구를 겨냥하고 던지는 것이 아니었다. 보이는 모든 곳에 무작정 던져대는 것이다.

녀석이 물체를 던지면 던질수록 피해는 더욱 커졌다.

"일단 후퇴 명령을 내려야 하나?"

송우는 진지하게 고민했다. 그 엄청난 폭격에도 멀쩡하고, 비록 제대로 된 공격은 아니지만 현주의 공격에 당해 상처투성이가 되어 있어도 두 발로 당당히 서 있다.

팔 하나를 잘라 낸 것만으로도 녀석의 힘을 깎아 냈으니 다행이라고 볼 수 있는 일이었다. 그러나 현주가 물었다.

"그럼 그 이후에 어떻게 하려는 거죠?"

"……."

송우는 말을 하지 못했다. 그들의 목적은 마포대교에서 초대형 몬스터를 사냥하는 것이다.

실패한다고 해도 최대한의 피해를 입힐 수 있다는 것만 생각했다.

무엇보다 헌관위 장관은 성공을 확신한 덕분에 실패 이후를 떠올리지 않았을 것이다.

설사 성공했다 해도 지금과 같은 기회를 만들어 내기는 힘들 것이다. 산으로 들어가 숨어서 저항해도 눈에 띌 테니까.

"후우, 난감하군."

어떻게든 여기서 승부를 봐야 했다. 생각보다 많은 피해를 입히지 못한 것이 아쉽다. 시간이 없다.

녀석이 물속에 들어간 상태라서 느려졌지만, 강을 건너는 것쯤은 아무것도 아닐 것이다.

"여기서 승부를 보지 않으면 강남은 물론 녀석이 지나가는 곳 모두 난장판이 나겠군."

더 이상 피해가 늘어나지 않게 하기 위해서는 지금 당장 녀석을 소탕해야 한다. 딱히 그 후의 대안이 마련되지 않았으니까.

가장 좋은 방법은 현주와 송우의 힘이 회복돼서 다시 사냥에 돌입하는 것인데, 녀석은 그들이 회복되기를 기다려 줄 것 같지 않았다. 한 번 더 공격할 수 있는 정령력만 있으면 좋으련만…….

'한 번 더라고?'

문득 현주는 재현을 바라보았다.

자신이 사용하는 극한의 정령 기술은 최고의 힘이라고 말해도 과언이 아니다. 그러나 모든 정령사들이 사용할 수 있는 것은 아니다.

오직 정령 일체화를 할 수 있는 사람만 사용할 수 있는 기술. 세계에서 정령화를 사용할 줄 아는 정령사는 단둘.

현주, 그리고 재현이다. 하지만 과연 재현이 한 번에 성공할 수 있을까? 그래도 안 해 보는 것보다는 낫다.

"녀석에게 제대로 된 위력을 선사해 줄 방법이 생겼어요."

현주의 말에 다들 그녀를 바라보았다. 어서 말해 보라는 표정이다. 그녀는 재현을 바라보았다. 그는 치료수와 정화수를 만들다가 마스터 헌터들의 시선이 자신에게로 향하자 고개를 갸웃거렸다.

"제자님. 제가 전에 말해 준 적이 있죠?"

"뭘요?"

치료수와 정화수를 만들다가 시선이 집중되니 불안감이
엄습한 재현. 뭘 시키려는 것 같다는 것을 눈치껏 알 수 있
었다.

"정령력을 극한까지 끌어 올려 사용하면 하늘을 가르
고, 꿰뚫을 수 있다고."

그러니까 현주의 말은 그녀가 오우거에게 사용했던 그
기술을 지금 재현 보고 해 보라는 것이었다.

재현은 설마 아니겠지, 생각하며 물었다.

"설마 제가요?"

"네. 방법이 없어요."

오우거도 못 잡는데 S급 몬스터를 어떻게 잡느냐는 듯
거부하려고 했지만, 마스터 헌터들이 그를 단단히 붙잡았
다.

"해 보지 않고서 그러면 안 되지, 사나이가."

정훈이 씩 웃으며 그의 등을 강하게 때렸다. 어찌나 세
게 때렸는지 그의 눈에서 눈물이 찔끔 나올 정도였다.

"현주 씨가 그렇게 말할 정도면 가능성이 있다는 뜻. 일
단 해 보고 안 되면 도망쳐도 늦지 않아."

"부탁드리지요."

어쩌다가 이렇게 된 건지…… 재현은 지금 당장이라도 눈물이 나올 것만 같았다. 할 때까지 놓지 않겠다는 의지가 꽉 붙잡은 손에서 전해져 왔다. 말이 부탁이지 강제나 다름이 없었다.

애초에 계속 거절하면 마스터 헌터의 권한으로 하라고 할 것이 분명하다. 현재는 평시가 아닌 몬스터의 재난이 존재하는 상황.

현장에 있는 마스터 헌터의 명령을 들을 의무가 있고, 강제가 따른다.

'어쩌다가 내가…….'

빠져나갈 구멍이 없다.

"제자님. 제가 어떻게 하는지 알려 줄 테니 해 보세요."

안 되면 어쩔 수 없으니 그때는 후퇴하는 게 정답이다. 재현도 헌터인 이상 그들의 말을 들어야 했다.

애초에 이런 상황을 끝내기 위해서는 마스터 헌터든 상급 헌터든 가리지 않는 것이 맞았다.

*   *   *

결국 재현은 초대형 몬스터와 마주하게 되었다. 어쩔 수 없는 일이다.

마스터 헌터들조차 그에게 기대하는 것이 컸다. 마스터 헌터들은 시간을 벌고 있겠다면서 초대형 몬스터를 붙잡아 두고 있는 상태였다.

"운다인, 워터 워크."

재현의 몸에서 푸른색 빛이 잠깐 일어나며 물 위를 걸었다. 제한 시간은 2분.

최대한 갈 수 있는 만큼 가서 재현이 다른 정령들을 모두 정령계로 되돌려 보냈다. 지금 당장 할 수 있는 것을 한다.

앞에 보이는 것은 강물. 그렇다면 지금 상황에서 가장 강한 힘을 낼 수 있는 것은 운다인밖에 없었다.

물의 힘을 이용하면 될 것이다. 눈앞에 흘러가고 있는 것이 물이니까.

"후읍~!"

재현이 심호흡을 했다.

'다크니아스. 정령 일체화에 대해 자세히 알려 줘.'

정령 일체화를 제대로 구사하지 못하기에 어정쩡한 모습이 되는 재현. 어둠의 정령들이 만든 기술이기 때문에 다크니아스에게 조언을 구했다. 다크니아스가 텔레파시로 알려 주었다.

[가장 먼저 정령력을 끌어 올려.]

다크니아스의 말에 따라 정령력을 끌어 올린다.

[물의 정령의 계약 문장이 있을 거야. 운다인이 가장 먼저 계약한 정령이니 오른쪽 손등에 있지? 그곳에 정령력을 집중시켜.]

정령화랑 별 차이가 없다는 생각을 하며 그가 오른쪽 손등에 정령력을 불어 넣자 계약의 문장이 빛을 발하기 시작했다.

[재현이 너는 정령화를 하면서 다양한 기술을 사용할 수 있었지만 사실, 그건 거의 불가능해. 오직 물의 정령이 된다고만 생각해.]

다크니아스가 말하는 대로 하고 있기는 한데, 왜 그런지 여전히 의문이다. 그 의문은 다크니아스가 설명해 주었다.

[정령 일체화. 말 그대로 하나의 정령처럼 되는 거야. 정령들은 한 가지 속성밖에 없잖아. 그것과 마찬가지라고.]

'하지만 나는 다른 정령들의 기술을 한꺼번에 사용할 수 있는데?'

[너의 스승은 바람과 어둠을 바꿔 가면서 하는 식으로 오우거를 잡았던 거야. 오우거를 만났을 때 봤지? 너의 스승의 머리카락이 흑색이었다가 연두색으로 바뀌는 거.]

그때는 그것에 대해 의문을 가질 생각을 못 했는데, 그제야 이유를 알게 되었다. 지금까지 정령화를 하면서 몰랐던 것이다.

[어떻게 보면 네가 더 진화한 상태라고 할 수 있어. 나도 예상치 못한 것이라서 흥미진진해서 가만히 있었는데, 지금은 어쩔 수 없지. 정령화는 그만큼 부담도 존재해. 가장 애매한 상태가 되어 버리기 때문이야. 육체적으로도, 마법적으로도 작은 공격에도 치명적인 몸이 되어 버리는 거야.]

인간과 정령의 약점을 동시에 보유하게 되는 것이다.

불편을 감수할 필요도 없이 강한 공격을 일제히 쏟아 낼 수 있지만, 물리 공격에도 심한 타격을 입고, 속성 공격에도 심한 타격을 입는다.

[물론 정령 일체화도 완전한 정령이 되는 게 아니라서 물리 공격을 받긴 해. 하지만 그 피해는 생각보다 적다고 할 수 있지.]

장단점은 따로 있다는 소리다.

[지금은 정령 일체화를 하는 것에 집중해. 그 공격은 정령 일체화를 했을 때 사용할 수 있는 거니까.]

정령 일체화를 하느냐가 첫 단추이다. 여기서 실패하면 소용이 없다. 그리고 그의 속에서 뭔가가 꿈틀꿈틀 움직이는 것만 같았다.

[물의 친화력이 반응하고 있어. 움직임이 맹렬해질 때가 기회야.]

다크니아스의 말대로 움직임은 점점 맹렬해지고, 곧 지금 당장 터지려고 할 때였다. 재현이 뭘 어떻게 할 생각도 못 한 채, 정령력이 뿜어져 나오며 순식간에 그의 몸을 감쌌다.

"된…… 건가?"

흑색이던 머리카락이 파랗게 물드니 이상한 기분이었다. 정령 일체화에 성공한 것 같았다. 몸도 가뿐해지고, 당장이라도 날아갈 것만 같았다.

'정령들은 이런 기분이구나.'

육체적 피로가 느껴지지 않는다. 무엇보다 몸이 가벼워졌다.

생각보다 가볍게 성공하기는 했지만, 시간이 오래 걸렸다. 아직까지는 전투에 써먹지 못하겠다고 생각하며 녀석을 바라본다.

"이제 저 녀석을 베어 내야 한다는 건데……."

정령 일체화까지는 그렇다치지만, 그 어마어마한 공격을 어떻게 하느냐가 관건이다. 과정은 완벽히 다 해냈는데 정작 결과가 나쁘면 말짱 꽝이다.

"안 되면 어쩔 수 없는 거고요."

"스승님…… 너무 무책임한 것 아니에요?"

"억지로 떠민 것도 무책임한 행동이라는 것 잘 알아요. 그런데 상황이 상황이다 보니 어쩔 수 없죠. 지푸라기라도 잡아야 하는 상황이니까요."

맞는 말이다. 녀석이 이곳을 건너면 녀석을 견제할 곳은 더욱 좁아진다. 그리고 활개 치고 다니는 동안 그 피해는 더욱 늘어날 것이 분명하다.

"갑자기 어깨가 무거워지네."

자신에게 초대형 몬스터의 생사가 걸렸으니 당연한 일이다. 여기서 소탕할 수 있느냐, 없느냐다.

다른 몬스터들이 없어서 녀석에게만 집중할 수 있다는 건 천운이었다.

그가 걱정을 하고 있을 때였다. 운다인의 그에게 안겨 왔다.

"재현이는 분명히 해낼 수 있을 거야. 지금까지 잘해 왔잖아. 분명 이번에도 좋은 결과가 있을 거야."

그래도 S급 몬스터는 좀 아니지 않나 싶었다. 감히 상상도 할 수 없는 힘을 휘두르는 포악한 몬스터와 싸우게 될 줄은 전혀 예상치 못한 일이다. 또 이길 수 있다는 생각이 들지 않았다.

"스승님 같은 위력이면 분명 어떻게든 될 것 같은데……."

같은 상급 정령사이니 될지도 모른다는 생각이 들기는 하지만, 그게 쉬운 일일까? 현주와 재현은 정령력을 다루는 것 자체도 완전히 다르다.

정령력 탱크 자체는 재현이 더 클지 몰라도, 경험 자체가 달랐다. 현주는 정령력에 대한 이해가 깊은 반면, 재현은 아직 햇병아리 수준이다.

지금 현주에게 배우고 있으면서도 가끔 모르는 것을 꽤 많이 듣기도 했다.

"걷기도 전에 뛰려고 하는 행위나 다름이 없는 게 아닌지……."

그게 참으로 걱정이 되었다. 어떻게 될지 본인 스스로도 장담하지 못하고 있으니 걱정이 될 만도 했다.

"걱정하지 마, 재현아. 말하지 않았지만 넌 하늘을 가른 적이 있어."

"하늘을 갈랐다고? 내가?"

금시초문이라는 듯 운다인을 바라보는 재현. 운다인이 고개를 끄덕였다.

"자이언트 크라켄. 그 몬스터와 싸울 때야. 기억은 제대로 안 나지?"

"응."

드문드문 몇 가지는 기억이 있지만 어떻게 그런 무식하게 큰 몬스터를 잡아 냈는지는 기억에 전혀 없었다.

"그때 하늘을 베었어."

"정말?"

그때 처음으로 정령 일체화를 사용했던 기억이 드문드문 남아 있기도 하다. 하지만 하늘을 가르는 것까지는 기억이 남아 있지 않았다.

그것도 그런 것이, 재현은 하늘을 볼 새도 없이 기절했기 때문이다. 안심시키려고 거짓말을 하는 것 같지도 않았다. 그래도 의심하는 건 사실이었다.

"정말이고말고. 내가 거짓말을 해서 뭐해. 중급 정령사일 때 한 일이야. 설마 상급 정령사인 지금 못할까 봐?"

운다인이 진실만을 말하고 있다는 게 느껴진다. 그러면서 그를 안심시켜 주었다.

"정령력을 극한까지 끌어 올린다라······."

재현은 또 앓는 소리를 냈다. 정령력을 극한까지 끌어 올리면 기절하지 않을까 생각한 것이다.

이제 병원 신세는 싫은데 까딱 잘못하면 또 한동안 입원해 있을 수도 있겠다는 생각이 들었다.

"걱정하지 마세요, 제자님."

바람을 타고 현주의 목소리가 들려왔다.

"기절하면 제가 병원에 데려다 드릴 테니까요. 몬스터를 잡지 못해도 부담 갖지 말아 주세요."

"……."

전혀 위로가 되지 않는 소리나 하면서…… 피식 웃음이 새어 나왔다. 이런 때 농담이나 하고. 의도한 것인지, 아닌지 모르지만, 그 덕분에 부담감이 싹 날아가는 기분이었다.

재현은 자신의 뺨을 세게 후려치며 마음을 다잡았다. 지금 당장 할 수 있는 사람이 자신밖에 없으니 별수 없었다.

그는 주위를 둘러보았다.

항공통제 때문에 헬리콥터가 날아다니고 있지 않지만, 분명 어딘가에서 카메라맨이 이를 찍고 있을지도 모른다. 분명 생중계로 내보내고 있을 것이다.

얼굴이 알려지는 건 부담스러우니 그는 후드를 더욱 깊게 눌러썼다. 얼굴이 드러나지 않도록 완전히 가렸다. 이정도면 됐다고 생각했다.

"마스터 헌터들도 오래 버티지는 못할 거예요. 이제 잡담은 끝이에요. 힘을 끌어모으도록 하세요. 자, 그럼 힘내세요, 제자님. 제가 뒤에서 응원해 드릴게요."

"네, 네. 알겠습니다."

재현이 피식 웃으며 오른손에 정령력을 불어 넣었다.

강물이 그의 손으로 떠밀려 오기 시작했다. 강물이 그의 손에 모이면서 그것을 또 압축해 나갔다.

그의 손아귀에서 요동치는 물이 위태롭게 떨리기 시작하고, 정령력이 주체할 수 없을 정도로 그의 몸에서 빠져나왔다.

심상치 않은 기운을 느낀 녀석의 시선이 이쪽으로 향했다.

*　　　*　　　*

처음에는 환자들이 갑자기 몰려들어서 혼잡스러웠다.

환자들을 외면할 수 없어서 누구든 가리지 않고 일단 치료를 위해 달려들었지만, 이제는 자신의 맡은 임무로 돌아왔다.

당장 수술이 필요한 사람은 인근 병원으로 급히 후송하고, 능력자들은 신속히 세포를 재생시키며 환자들을 치료한다.

윤정처럼 아무런 능력이 없는 무능력자들은 포션과 치료수를 들고 다니며 사람들을 치료하고 다녔다.

그렇게 하니 점점 속도가 붙어 금방 자리를 털고 일어나는 사람이 많아졌다. 수술이 필요한 사람들은 인체 재생이 가능한 헌터들에게 맡기고, 무능력자들은 포션을 사용한다.

수술실은 여전히 만원이지만, 인체에 도움을 줄 수 있는 헌터들이 몰려와 치료에 힘을 보태 준 덕분에 더욱 원활하게 돌아갔다.

그러나 그렇게 해도 죽는 이는 반드시 나왔다. 수술 도중 과다출혈로 죽거나, 쇼크로 죽거나, 아니면 후송해 오다가 죽은 이도 있었다.

몬스터에게 직접적으로 피해를 입은 사람들보다 가스폭발 같은 2차 피해로 오는 이들이 대다수였다.

윤정은 화장실에서 나왔다. 오늘 먹었던 것들을 오늘 다 게워 냈다. 죽은 이들이 다수 발생하니 지금껏 본 적 없는 참상을 목격하게 되었다. 이런 일에는 익숙하다는 헌터 1세대를 경험했던 수다쟁이 전문의도 오늘따라 유독 말이 없다.

"괜찮으세요?"

간호사가 윤정의 안부를 물었다. 그녀는 억지로 웃어 보이며 고개를 끄덕였다.

"좀 쉬셔야 하지 않겠어요?"

"아직 더 할 수 있어요."

윤정은 고개를 저었다. 환자를 돌보기 시작한 지 몇 시간째. 그녀는 지금껏 보지 못한 참상을 제일 많이 보게 되었다.

팔 한쪽이 뜯어졌거나, 온몸에 화상을 입고 실려 온 환자가 가장 무난할 정도니 말은 다한 셈이다.

몬스터에게 뜯긴 모습도 보았고, 어떤 환자라도 침착하게 치료할 수 있을 것이라 호언장담했지만, 아니었다. 자신이 보았던 모습들은 비웃을 수 있을 것만 같았다.

"지금 류진희 선생님이 보고 계세요. 좀 쉬어도 될 거예요. 환자들 대부분은 대병원으로 후송했어요."

"그렇군요. 오늘 비번이었을 텐데, 고생하네요."

류진희는 윤정과 동기 사이였다. 수석과 차석.

서로 경쟁하듯 치열할 줄 알지만 사실 윤정과 진희는 서로 붙어 다니며 친하게 지내고 있었다. 서로 경쟁하는 건 시험 때만으로 족하다.

서로 배울 점이 있다는 걸 알고 있고, 윤정이 워낙 사람에게 잘 다가가는 데다 동갑인 덕분인지 진희도 그녀에게 친근하게 대하고 있었다.

그녀가 의자에 털썩 주저앉았다.

짙은 그림자가 내려앉은 퀭한 눈으로 하염없이 천장을 바라보았다.

10분만 쉬었다가 다시 환자들을 돌보자고 생각했다. 벌써 점심시간이 지난 것 같은데 음식을 입에 대보지 못했다. 먹을 생각도 없었다.

그런 참담한 광경을 목격하고 입에 음식을 댈 수 있는 사람이 몇이나 될까 싶었다.

특히 어린아이들이 이런 지옥과도 같은 곳에서 비명을 지르고 있는 모습은 그리 쉽게 떨칠 수 있는 게 아니었다.

한숨을 내쉬며 지친 눈을 매만지고 있을 때였다.

"지금 헌터들이 초대형 몬스터를 잡으려고 하는 것 같아요. 아직 몬스터에 대한 등급은 제대로 나오지 않았지만 S급으로 추정 중이래요."

S급 몬스터. 생존의 시대 이후로 S급 몬스터가 출현한 적은 단 한 번도 없었다. 헌터 1세대에게도 S급 몬스터는 공포의 대상이었다. S급 몬스터 하나가 도시 하나를 초토화시킬 만큼 어마어마한 것이기 때문이다.

"S급이요? 다른 곳도 아니고 서울에 나타난 게 S급이라고요?"

윤정도 말로만 들었지 실제로 출몰한 것을 본 적이 없는 데다 뉴스로도 접한 적이 없었다.

"추정이지만요. 대충 그렇게 판단하고 있는 것 같아요. 지금 마포대교에 붙잡아 두고 격전을 치르고 있대요. 상급 헌터와 마스터 헌터들이 치열하게 싸우고 있대요."

대재해나 다름없다고 평가되는 S급 몬스터가 출몰할 줄이야. 그것도 서울 한복판에서…… 이러니 사람들의 피해가 많은 것이었구나, 하고 깨달을 수 있었다. 몬스터가 출현했다는 것만 알았지, 추정 등급을 들은 것도 이번이 처음이었다.

"해외에 있는 헌터는 제외하고, 일단 수도권에 있는 상급 헌터들을 주 전력으로 모은 것 같아요."

수도권. 서울, 경기도, 인천을 말하는 것이다. 그렇다면…….

'오빠도 왔다는 건가?'

재현이 수도권에 살고 있으니 분명 지금 서울에 있을 것이다. 재현은 헌터라는 직업으로 목숨을 걸고 항전하고 있다는 뜻이다.

부상당한 헌터와 군인들이 오는 마당이다. 이곳에 오지 않았다면 아직 무사하다는 뜻.

'그래, 나만 싸우고 있는 게 아냐. 오빠는 나보다 더 힘든 일을 하고 있어. 이대로 가만히 있으면 안 돼. 힘내자, 윤정아. 힘내, 오빠.'

지금 이 시각 치열한 전투를 치르고 있을 재현을 속으로 응원하며 두 다리에 힘을 주고 벌떡 일어났다.

"가요."

"더 쉬지 않으시고요?"

"이제 충분히 쉬었어요. 아직 할 일이 많잖아요."

윤정이 몸을 돌리며 환자들을 향해 나아갔다.

*　　　*　　　*

"크워어어어!"

녀석이 괴성을 내지르며 세찬 물살을 아무렇지도 않게 가른다. 정훈이 소리쳤다.

"녀석이 진격하지 못하게 공격해!"

그의 목소리가 쩌렁쩌렁 울려 퍼지자, 강 건너에 있던 헌터들이 일제히 공격을 가했다. 퇴각하려는 군인들도 단 1초라도 붙들기 위해 집중적으로 공격했다.

그들은 눈앞에 보이는 희망을 보고 그곳에 모든 것을 걸었다. 한강에서 강물을 끌어 모으고 있는 재현이 그 희망이었다.

사람들은 그가 무엇을 하려는 것인지 모르지만, 분명 엄청난 일을 하리라 믿어 의심치 않았다.

그 많던 강물이 줄어들고 있는 것이 눈으로 보일 정도였다. 엄청난 양의 물이 그의 손에서 여전히 압축되고 있다.

이미 몇 톤의 물이 그의 손에 있는데 농구공 정도의 크기로 압축되어 있다. 강물이 확연히 줄어들어 녀석의 명치까지 왔던 물이 어느새 복부까지 빠졌다.

"재현아. 괜찮아?"

"아직…… 할 수 있……어."

재현은 어금니를 꽉 물며 대답했다. 그의 이마에는 힘줄이 툭 튀어나와 있었다. 어마어마한 정령력을 쏟아부었다.

대답하기도 버거울 정도로 그는 많은 힘을 쏟아 내는 것이다.

계약의 증표에서는 빛이 강해지고, 문장이 점점 그의 전신으로 번지고 있었다. 손등에서 시작했던 증표는 어느새 그의 오른팔을 완전히 감싸고, 지금은 얼굴의 반까지 번져 있었다.

이걸 아무렇지도 않게 금방 위력을 발산하는 현주가 존경스러워졌다. 어떻게 그렇게 금방 그만한 위력을 낼 수 있는 것인지…… 역시 마스터 헌터는 다르구나 싶었다. 같은 상급 정령사라도 클래스가 다르다는 뜻이리라.

아직 자신은 한참 멀었다 생각했다. 1년 안으로 따라잡을 수 있을 거라고 현주가 말했지만, 무리라고 생각했다.

선천적인 재능인지 뭔지 모르지만, 그만큼 노력이 부족하다. 현주는 정령과 계약한 이후로 꾸준한 노력으로 지금과 같은 경지에 이르렀다.

피를 토하는 심정으로 했을 현주와 그것을 아무렇지 않은 듯 얼마 안 있다가 금방 익숙해지는 재현. 그 깊이부터 다르다.

콰콰콰콰쾅!

"크워어어어!"

초대형 몬스터의 발을 묶기 위해 헌터들이 노력해 주고 있다. 그들의 기대를 배신하지 않도록 힘내기로 했다. 여기서 밀리는 순간 뒤는 없다.

여기서 소탕하지 못하면 더 많은 피해를 입게 된다. 모 아니면 도. 정 안 된다 싶으면 현주가 구출해 주겠다고 하니 안심하고 등을 맡겼다.

한편 현주는 이를 보며 말도 안 되는 표정을 지었다.

'도대체…… 제자님은…….'

처음 하는 일임에도 완벽히 해내는 것은 둘째로 쳤다. 바로 저 위력. 강물이 확연히 줄고 있다는 것이 보일 정도로 많은 양의 물을 끌어 올리는 재현.

그러면서 아직도 압축을 시키고 있었다. 이미 그는 현주가 할 수 있는 위력보다 많은 힘을 쏟으면서도 안정시키고 있었다.

'이미 나의 한계를 돌파한 지 오래야.'

물의 기운만으로도 저 정도 힘이라니. 놀라울 따름이다.

'게다가 저 모습은⋯⋯.'

정령 일체화를 한 것은 그렇다 치지만, 재현의 모습이 점점 이상해져 간다.

마치 정령과 정말 하나가 되려는 것처럼 보였다. 거기다 순수한 정령의 기운은 정령 그 자체의 기운이나 다름이 없었다.

보면 볼수록 모를 사람이다. 자신의 제자지만 모르는 것이 더 많았다. 하나를 알게 되면 나머지 모르는 일이 더 튀어나온다. 재현은 현주도 파악하지 못할 만큼 미지의 존재나 다름이 없었다.

이제 한계에 다다라 물이 위태롭게 흔들리는 것이 보인다.

"크워어어어!!"

녀석이 괴성을 질렀다. 현주가 힘을 극한까지 끌어모았을 때보다도 일찍 알아챘다. 그만큼 그가 내뿜고 있는 기운이 강하다는 것이다.

선천적으로 정령과 특화된 몸을 가진 재현이지만, 보통이 아니다. 능력은 유전되지 않는다.

특히 초능력자와 정령사는 그러했다. 정령을 소환하려고 해도 정령이 선택하는 것이기 때문이다.

계약을 해도 꼭 강한 힘을 내리란 법은 없다. 재현은 그저 타고났다는 말로밖에는 설명할 길이 없었다.

'아직 멀었어.'

녀석이 재현에게 다가오고 있다. 재현은 초대형 몬스터가 자신에게 다가오고 있는 것을 두 눈으로 보고 있다. 점점 가까워지고 있다. 그러나 결코 물러나지 않는다. 아직 멀었다. 그의 머리가 말하고 있다. 지금은 이르다고.

헌터들이 계속 붙잡아 주고 있다. 그 덕분에 지금까지 안전할 수 있었다. 아직 극한이 아니다. 하지만 이제 곧 한계다. 이제 슬슬 영향이 갈까 봐 공격하지도 못했다. 그러나 괜찮다. 아직 더 힘을 낼 수 있다. 녀석을 완전히 베어 낼 수 있는 힘을 쏟아 내야 한다.

'조금만 더…… 조금만 더……!'

녀석의 사정권까지 얼마 남지 않았다. 촉박하다. 하지만 거의 다 끝났다. 결코 물러나지 않는다. 두 눈을 부릅뜨며 녀석과 마주하자.

이미 힘을 쏟아 내고 있는 만큼 후퇴할 수 없다. 도망칠 수 없다. 맞서서 녀석을 베어 낼 뿐이다.

그때 그의 손에 모인 물 덩어리가 쉴 새 없이 공명하기 시작했다. 다 됐다. 한계점을 돌파했다는 것을 본능적으로 깨달았다.

재현이 눈에 힘을 주며 녀석을 노려보았다. 녀석과 눈이 마주친다. 녀석이 주먹을 휘두른다. 동시에 재현도 팔을 휘두른다.

재현의 손이 허공을 그었다. 그의 손에 있던 물줄기가 어느새인가 사라져 있다. 분명 사용했다. 하지만 눈에 보이지 않는다.

'혹시 불발인가?'

녀석의 주먹이 날아오고 있는 그 짧은 순간에 그런 생각을 했다. 아, 이제 죽었다고 생각한다. 막상 이렇게 되니 아무런 생각이 들지 않았다. 모든 걸 포기하고 눈을 감았다.

초대형 몬스터의 주먹이 지척에 다다랐다. 거대한 바람이 몰아친다. 그러나 아무리 기다려도 죽음은 찾아오지 않았다.

재현은 천천히 눈을 떴다. 곧 그의 코앞에 자신의 키보다 몇 배는 큰 녀석의 주먹이 있다는 걸 인지할 수 있었다.

초대형 몬스터의 주먹은 딱 멈춰 서 있었다. 재현이 멀뚱히 이를 바라보았고, 곧 녀석에게 이변이 생긴 걸 볼 수 있었다.

"뭐야, 나도 하면 할 수 있는 놈이었잖아. 괜히 쫄았네."

쩌적! 쩌어억!

녀석의 주먹과 몸이 양옆으로 갈라지며 피가 허공에 뿌려졌다. 반으로 잘린 수정체가 모래처럼 흩어진다. 곧 그의 몸이 수정체 가루와 함께 녀석의 피로 뒤덮였다. 알 수 없는 힘이 그에게 스며들어 왔다.

그는 얼굴을 소매로 대충 닦아 내고, 멀뚱히 이를 바라보았다. 뭐가 어떻게 된 거지? 라는 생각과 함께, 그의 시선이 곧 하늘에 닿았다.

하늘이 두 쪽으로 갈라졌다. 이게 극한의 힘을 끌어냈을 때의 힘이란 걸 알 수 있었다. 그런데 정령력을 너무 많이 쓴 덕분일까?

몸에도 변화가 일어나는 것 같았다. 아니, 분명 변화가 일어나기 시작했다. 정령력 탱크에 뭔가 가득 들어차기 시작했다. 정령력과 같지만 이질적인 기운이다. 절대 정령력으로 인한 것이 아니다.

'큭! 뭐야, 도대체.'

심장이 아려 오기 시작했다. 재현은 지금 이게 무슨 상황인지 판단하지 못했다. 그가 고통 속에 신음했다.

"재현아!"

운다인이 재현에게 심상치 않은 일이 일어나고 있는 것을 알아차렸지만, 딱 거기까지였다. 운다인의 몸에도 변화가 생기면서 역소환되었기 때문이다.

"으으윽!"

재현은 결국 심장을 부여잡으며 쓰러졌다.

Chapter 08
배회하다

재현이 모종의 이유로 쓰러졌다. 매우 위험한 상태였다. 심장이 미약한 상태였다. 심장이 이상하게 뛰고 있다.

일정한 간격으로 뛰어야 할 심장이 불규칙하게 뛰는 것이다.

한눈에 봐도 심각한 상황이란 것을 인지하고, 급히 심장마사지를 했다. 하지만 나아질 기미는 보이지 않았다.

"오빠!"

환자를 돌보고 있던 윤정이 다급하게 그에게 뛰어왔다. 설마 재현이 이렇게 올 줄은 예상치 못한 것이다.

온몸이 피투성이가 되어 있는 재현을 보고 나서 소스라

치게 놀라는 것도 무리는 아니다. 윤정은 재빨리 재현의 상태부터 살폈다.

다행히 외상은 없어 보이지만, 어찌 된 일인지 심장박동이 불규칙하다. 일정하게 뛰어야 할 심장박동이 불규칙하다니? 지금까지 들어 본 적이 없었다.

"어떻게 된 거예요?"

윤정이 현주에게 물었다. 현주는 지그시 눈을 감았다.

"저 때문입니다."

"예?"

현주는 죄책감이 가득한 얼굴로 그를 바라보았다. 눈을 감은 채 전혀 일어날 기미가 보이지 않는 재현. 그가 이렇게 된 것에는 그녀의 탓이 컸다.

"S급 몬스터를 잡기 위해 저와 비슷한 힘을 낼 수 있는 제자님께 시켰습니다."

"S급 몬스터를……."

마스터 헌터도 하지 못했던 걸 이제 상급 헌터인 그에게 S급 몬스터를 잡으라고 하다니!

"그래서 왜 이렇게 된 거죠? 혹시 독을 뒤집어썼다거나?"

피가 잔뜩 묻어 있지만 외상은 없다. 그렇다면 그의 피가 아니라는 소리. 그녀는 일단 진정하고, 현주의 말을 자세히 듣자고 생각했다.

분명 불가피한 일이 있었겠지 추측했다. 현주가 아무 생각 없이 그를 내보냈으리라고는 생각하지 않았다.

헌터들이 병원에 자주 찾는 이유 중 하나가 독성이 있는 몬스터에게 당했을 때다.

단순히 피에 뒤덮였다고 독에 중독되었을 것 같지 않았다. 공기 중으로 퍼지는 독가스를 내뿜는 몬스터일 가능성은 부정할 수 없었다.

"초대형 몬스터의 수정체 가루에 뒤덮였습니다. 아무래도…… 수정체의 기운을 흡수한 것 같습니다."

"수정체……!"

수정체는 몬스터들에게 생명을 유지시켜 주는 것이지만, 인간에게는 매우 치명적인 것이었다.

마나나 기와 비슷하여 과거 누군가가 수정체를 매개로 하여 경지를 올리겠다 하다가 죽음에 이른 적도 있었다.

모든 인간들이 다 그러했다. 몬스터에게는 무해하지만, 인간에게는 치명적이었다.

이유는 모른다. 수정체는 다양한 도구로 이용할 수 있지만, 인간에게 유해하다는 것만 여러 가지 정황으로 알아낸 것이 전부였다. 게다가 한 가지 중요한 문제가 있었다.

'치, 치료할 방법이 없어…….'

바로 치료할 방법이 없다는 것이다. 수정체의 기운이 소량이어도 치명적인데, 대량으로 받았다면 큰일이다.

"제자님이 수정체의 대부분을 흡수했습니다. 엄청난 힘을 쏟아 부은 만큼 정령력 탱크가 기운을 요구하다가 급한 대로 수정체 기운을 흡수했겠죠."

털썩!

윤정이 주저앉았다. 소량도 아니고 대량으로 흡수했다. 그렇다는 것은 단순히 시간문제라는 소리였다.

"아, 아냐. 그럴 리가 없어. 아니라고 해 줘요. 제발……."

윤정이 현실을 부정하며 다리를 붙잡으며 엉엉 울었다. 병원 안에서만큼 그 어떤 환자를 보더라도 쉽게 이성을 잃지 않던 그녀가 이성을 잃었다.

현주는 자신이 벌인 일 때문에 죄책감이 가득한 얼굴로 그녀를 끌어안았다.

'죄송해요. 모두 제 탓이에요. 하지만 제자님이 일어날 수 있도록 저도 노력해 볼게요. 만일 제자님이 이대로 죽는다면…….'

현주는 부정적인 생각으로 새하얀 천장을 바라보았다.

*　　　*　　　*

"뭐야 여긴?"

재현은 멍한 표정으로 주위를 둘러보았다. 울창한 숲에 덩그러니 앉아 있는 재현. 손을 움직여 보았다. 움직여진다. 다리를 들어 본다. 감각이 살아 있다. 일단 멀쩡한 것 같은데 자신이 왜 여기 있는지 기억이 나지 않았다.

"이상하네. 내가 왜 여기 있지?"

S급 몬스터를 소탕한 것은 기억이 난다. 그 이후에 무슨 일이 있었는지 곰곰이 생각했다.

'그래, 심장이 아팠어. 그리고 그 이후부터 기억이 없네?'

그때 쓰러졌다고 생각했다. 쓰러져본 것이야 이번이 몇 번째인지…… 이제 새삼스러울 것도 없었다. 병원에서 일어난 것도 아니고, 대뜸 울창한 숲에 덩그러니 떨어져 있으니 이상하다는 생각이 들었다. 도대체 뭐가 어떻게 된 건지 모르겠다는 표정을 감출 수 없었다.

무슨 일인지 모르지만 일단 길부터 찾아야겠다고 생각하고 주변을 둘러보는 재현. 그러다가 문득 그의 눈에 바위에 걸터앉아 있는 작은 체구의 익숙한 정령을 하나 발견할 수 있었다.

"거기, 바위에 앉아 있는 운디네."

"이, 인간?"

재현이 물의 하급 정령인 운디네에게 다가가자, 녀석이 크게 당황했다.

상대가 정령사라는 걸 모르고 있다가 갑자기 물어보면 당연히 당황할 만하다고 생각했다. 그는 빙그레 웃어 보였다.

"저기 궁금해서 그러는데……."

"히이익?!"

"어? 이봐!"

운디네가 황급히 도망가기 시작했다. 빠르게 도망치는 운디네를 보고 재현은 한숨을 내쉬었다.

"인간 처음 보나?"

여기가 어디냐고 물어볼 기회도 없이 운디네가 달아난 탓에 그는 머리를 긁적였다.

당황해서 그럴 수 있다고 생각하면서 재현은 운디네가 앉았던 바위 위에 걸터앉았다.

"정령력 탱크는 텅 비었나 보네. 노임을 소환하지 못하겠어."

노임을 소환하면 최소한 길 잃을 걱정은 하지 않아도 되련만, 아쉽게도 정령력 탱크에 정령력이 텅 빈 상태다.

그래도 텔레파시를 보내는 것쯤은 할 수 있을 것이다.

'얘들아. 뭐해?'

텔레파시를 보내자, 정령들의 목소리가 그의 머릿속으로 울려 퍼졌다.

[재, 재현아?]

'응. 나야.'

크게 당황한 운다인의 목소리가 들려온다. 평소와 달리 너무 당황해하고 있어 재현이 고개를 갸웃거렸다.

운다인 말고도 다른 정령들의 목소리도 뒤섞여 들려왔다.

여러 목소리가 울려 퍼지고 있어서 무슨 말을 하고 있는 건지 전혀 모르겠다. 이어서 썬다이넨의 목소리가 들려왔다.

[재현아, 무사한 거야?]

'당연히 무사하지. 무사하니까 이렇게 텔레파시를 보냈고 말이야.'

[정말이야?]

'왜 의심하는 말투야?'

[당연히 의심할 수밖에!]

썬다이넨은 격앙된 목소리로 소리치자, 그가 귀를 막았다. 그러나 머리를 통해 직접 들을 수 있기 때문에 귀를 막아도 소용이 없었다.

텔레파시가 이것저것 뒤섞여 들려와서 복잡하다. 곧 다들 말을 멈추고, 노임의 목소리가 들려왔다.

[재현이의 말이랑 현실이랑 전혀 맞지 않아요.]

'그러니까 그게 무슨 소리야?'

자신의 말과 현실이 맞지 않다니. 전혀 이해하지 못하겠다.

[넌 지금 병원에 누워 있어. 엄청 위독한 상태라고! 그런데 어떻게 텔레파시를 보낼 수 있는 거야?]

병원? 그게 무슨 소리인가. 주변을 둘러보았지만, 아무리 둘러보아도 여긴 병원이라고 보기 무리가 있었다.

'여기 숲인데?'

[……숲?]

갑자기 뜬금없이 왜 숲이 나오냐는 말투다. 재현은 숲이라는 말밖에 할 수 없었다. 정말 숲이기 때문이다. 있는 그대로 말한 것뿐인데, 뭐가 잘못됐나?

설마 이건 환각인가 생각했지만, 아무리 봐도 진짜다. 무엇보다 바위나 나무를 만져도 감촉이 진짜처럼 느껴졌다.

이번에는 정령들이 헷갈린다는 듯 의논하고 있는 것이 들린다. 재현은 바위에 걸터앉은 상태에서 잠자코 듣고 있다가 결론을 내렸다.

'그러니까. 너희들이 나를 보기에는 난 병원에 위독한 상태로 누워 있다고?'

[맞아.]

'하지만 나는 여기가 숲이라고 말하고 있고 말이야.'

결론적으로 정령과 재현의 의견이 전혀 다르다는 것이다.

정령들이 재현을 볼 때는 병원에 누워 있다고 말하고, 재현은 숲이라고 말하니 누구의 말이 맞는지 전혀 모르겠다는 표정이다.

혹시 죽기 직전의 환각을 보고 있는 건가 싶었지만 그럴 리 없었다.

'위독한 상태라면 내가 너희들에게 텔레파시를 보낼 여력이 없다는 거잖아.'

[그러니까 이상하다는 거지.]

재현이나 정령들이나 당최 무슨 일인지 모르겠다는 표정이다. 서로 말이 엇갈리고, 서로 말하는 재현의 상황이 전혀 다른 탓이다.

[일단 나는 네 상태부터 확인하러 갈게. 직접 확인해 보는 게 확실할 것 같아서 말야.]

어둠의 정령은 계약자의 소환이 없다고 하더라도 자신의 의지로 나타날 수 있다고 했던가.

다들 다크니아스의 의견에 찬성했다. 재현은 자리에서 일어났다.

여기가 어디인지는 모르지만 가만히 있어도 변하는 건 없다고 생각했다. 일단 걸으면서 여기가 어딘지 파악하자고 생각했다.

　　　　*　　　　*　　　　*

　재현은 마땅히 뭘 하지 못한 채 입원실에 누워 있었다.

　한눈에 봐도 창백해져 가는 피부. 수정체의 기운을 정화하고 싶었지만, 불가능에 가까운 일이었다.

　'이미 너무 많이 흡수했어…….'

　현주는 재현의 곁을 지키며 머리를 감싸 안았다. 어쩔 수 없는 상황이었다고 해도 그를 이렇게 만든 것에 대한 책임은 분명 그녀 자신에게 있었다.

　분명 그는 성공적으로 초대형 몬스터를 베어 냈지만, 현 상황은 너무 좋지 않았다.

　수정체의 기운이 그의 정령력 탱크에 가득 들어찬 상태였다. 이를 정화하고 싶었지만, 마음처럼 쉽게 되지 않았다.

　어찌나 찐득하게 달라붙어 있는지, 억지로 빼내려고 하면 서로를 잡아당기려고 했다. 오히려 현주의 정령력 일부가 수정체의 기운에 흡수당했다.

　그래도 포기하지 않고 방법을 찾고 있지만, 마땅한 방법이 떠오르지 않았다. 절망에 빠진 현주의 눈가에 살짝 눈물이 맺혔다.

언제나 강인하고, 미소만 보였던 그녀도 죄책감에 눈물이 흐를 수밖에 없었다.

"간병하고 있던 거야?"

현주는 뒤에서 익숙한 목소리가 들려오자 얼른 눈물을 감췄다.

"제자님의 다크니아스?"

어둠의 정령이 계약자가 소환하지 않더라도 언제든 나타날 수 있다는 것쯤은 그녀도 잘 아는 사실이었다.

혹시 자신의 탓을 꾸중하려고 온 건가 생각했다. 차라리 그게 나았다.

윤정은 현주에게 아무 말도 하지 않았다. 모든 책임을 떠넘기고 욕해도 할 말이 없는데도 말이다.

그래, 차라리 제자님의 정령이 욕하면 더 좋을지도 모르겠다는 생각이 들었다. 하지만 다크니아스는 현주를 흘깃 바라보다가 시선을 재현에게 향하더니 상태를 살폈다.

'텅…… 비어 있어.'

재현의 육체는 분명 숨을 쉬고 있었으며 당장 죽어도 이상할 게 없는 상태였다. 구체적으로 말하면 혼이 없다. 껍데기만 남은 육신이었다.

혼이 없는 상황이었지만 생명의 실이 간신히 유지되고 있어서 다행히 숨은 쉬고 있었다.

다크니아스가 재현과 연결된 실을 바라본다. 영혼과 관계있는 일이라고 즉각 파악했으니 혼을 찾아야겠다고 생각했다. 그런데 생명의 실과 영혼의 실이 한데 묶여 있다.

'이건…… 누군가가 인위적으로 한 일이다.'

결코 자연스러운 광경은 아니었다. 생명의 실은 육체, 영혼의 실은 말 그대로 혼과 연관되어 있다.

영혼과 생명이 따로 분리되는 경우는 많지만, 이렇게 매듭지어서 묶여 있는 건 결코 있을 수 없는 일이다.

무엇보다 그의 실은 분명하게 장기간 유지될 수 있도록 묶여 있었다.

영혼이 죽고 싶지 않다는 마음에 본능적으로 묶어 간신히 생명을 유지하는 경우도 있다. 하지만 영혼이나 육체의 상관관계를 제대로 알지 못하는 재현이 쉽게 알 수 있는 것은 결코 아니다.

누군가가 일부러 만들지 않는 한 말이다. 누가 한 일인지는 판가름하기 어려웠다. 일단 시간을 벌어 놓은 것 같다. 하지만 장시간 지속되면 좋을 게 없다.

육신에 혼이 없는 상태로 장기간 있다가는 혼이 육신에 들어가지 못하는 상황이 만들어질 수 있다.

'혼이 애꿎은 차원으로 간 모양이야.'

연결된 실을 따라 시선을 향하니 다른 차원으로 이어져

있는 것이 보였다.

'이, 이건……!'

어디로 이어진 것인가 쭉 살펴보다가 그곳이 어딘지 알아낸 다크니아스의 눈이 휘둥그레졌다.

*   *   *

"아무리 걸어도 어딘지 전혀 모르겠네."

여기가 어디라고 딱 잘라 말하기 힘들었다. 재현은 고개를 갸웃거렸다. 지나다니면서 정령들을 꽤 많이 보았다. 운디네, 샐러맨더, 실프, 노움 등등. 하급 정령밖에 만나지 못했지만, 그래도 생각보다 많은 정령들이 그의 눈에 띄었다. 그리고 길을 물어보려고 하면 놀라서 다들 도망가 버렸다.

정령사라는 것 때문에 도망가지 않고 다가올 거라 생각했는데, 인간이라는 것에 놀라 도망치기 바쁘다.

"왜 다들 귀신을 본 것처럼 도망치는 거지?"

오히려 반대로 정령들이 자신에게 다가오는 편인데, 왜 도망치는 걸까. 이해가 되지 않는 듯 고개를 갸웃거리는 재현이었다.

근처에 안 오기에 먼저 물어보려고 했더니 먼저 도망가

는 탓에 길을 물어보지도 못했다. 그 때문에 여기가 어디인지 여전히 오리무중이다.

"그러고 보니 내가 걷게 된 지 얼마나 흘렀지?"

시계는…… 없다. 휴대폰도 없다. 가지고 있는 물품은 하나도 없었다. 평소 입고 지내던 옷은 입고 있지만, 물품은 하나도 없었다.

체감상 4시간 정도 걸었던 것 같다. 이 정도 걸었으면 재현이라고 해도 땀 정도는 흘려야 정상인데 멀쩡하기만 했다. 다만 한 가지 문제가 있었다.

"배고파 죽겠네."

주위를 바라보았지만 딱히 먹을 건 없어 보였다. 나뭇잎을 먹을 수도 없고, 열매도 없다. 뭔가를 먹긴 해야겠는데 먹을 게 없으니 배를 매만졌다.

그때 그의 눈앞에 빛이 아른거려 왔다. 그의 시선이 빛으로 향했다.

뭔지 모르지만 나무에 열려 있는 열매가 햇빛에 반사된 것이다. 처음 보는 열매다. 맛있어 보였다.

그는 재빨리 나무 위로 올라가 열매를 몇 개나 따고 다시 내려왔다.

"신기한 열매네."

크기는 사과인데 생김새는 딸기와 비슷했다. 향긋한 냄

새가 코를 자극했다. 그는 일단 한 입 베어 물어 보았다.

"뭐야, 이게."

그리고 크게 실망했다. 아무 맛도 나지 않았다. 과즙이 있는 것도 아니고, 특별한 맛이 있는 것도 아니었다.

촉감과 향기만 있을 뿐, 어떤 맛도 존재하지 않았다. 그래도 한두 개 정도 먹으니 충분히 공복을 해결해 주었다.

"그나저나 나 길을 제대로 가고 있는 게 맞나?"

어쩐지 같은 길을 계속 맴돈 기분이다.

특색이라고는 전혀 찾아볼 수 없는 나무. 가지도 없고 반듯이 일자로 하늘 위로 뻗은 덕분에 어딜 가든 같은 곳에 있는 기분이었다.

다른 곳으로 이동해도 같은 풍경이니 길을 잃는 것도 무리는 아니었다.

그렇다고 가만히 있을 수만은 없었다. 누군가가 올 것 같지도 않으니 이동하는 게 현명하다 판단했다.

*　　　*　　　*

재현의 물의 정령인 운다인은 모습이 바뀌었다.

모습이 바뀐 것은 운다인만이 아니었다. 썬다이넨, 메타이온, 노임, 샐리스트도 마찬가지였다. 갑작스러운 진화.

운다인은 나이아스, 썬다이넨은 썬더라스, 메타이온은 메타리오스, 노임은 노에아넨, 샐리스트는 샐레아나가 되었다.

유일하게 진화하지 않은 것은 다크니아스뿐이다. 당연하지만 아직 재현은 자신의 정령들이 상급 정령으로 진화했다는 사실을 모르고 있었다.

재현이 초대형 몬스터를 잡은 직후, 진화한 것이다.

그들은 역소환이 되고 한자리에 모여 있었다. 그들이 한자리에 모인 것은 재현의 텔레파시 때문이었다.

정령의 호수라고 불리는 정령계의 큰 호수. 그곳은 모든 정령들이 모여 이야기꽃을 나누고 노는 곳이다. 다들 웃고 떠들며 놀고 있는데, 다섯 명의 정령만은 결코 웃을 수 없는 상태였다.

호수에 얼굴을 비치자 그곳에 재현의 모습이 떠올랐다. 병원에 입원해 있는 재현. 산소 호흡기까지 단 채 병실에 누워 있다.

정령들은 계약자가 얼마나 위험한 상태인지 굳이 비춰 보지 않아도 알 수 있었다. 나이아스뿐만이 아니라 다들 느끼고 있을 것이다.

엄청 위급한 상황이라는 것을…… 생명을 장담할 수 있는 상태가 아니었다. 언제 죽어도 이상할 게 없는 그런 상태인 것이다.

"그런데도 재현은 우리에게 텔레파시를 보냈어."

"맞아. 절대로 우리랑 대화할 수 없는 상태인데 말이야."

텔레파시도 의식이 있을 때나 할 수 있는 것이다. 하지만 재현은 의식이 없는 상태에서도 했다.

[아오, 빌어먹을 숲 같으니라고. 아무리 걷고, 걸어도 똑같은 곳을 걷고 있는 것 같잖아!]

"……그런데 지금 버젓이 하고 있고 말이야."

재현의 목소리가 정령들의 머릿속에 맴돌고 있다. 재현이 텔레파시를 보내고 있는 것이다.

"게다가…… 병원이 아니라…… 숲에 있다고 했지……."

메타리오스가 깊은 고민에 빠졌다. 누가 봐도 병실에 산소 호흡기를 달고 있을 정도로 위태로운 상태인데, 숲을 걷고 있다니. 말이 안 됐다.

분명 불가능이라고 생각했던 것도, 재현은 가능으로 만든 적이 몇 번 있으니까. 때로는 재현이 정말 인간이 맞는지 의구심이 든 적도 몇 번 있었다.

"이런 경우가 있나?"

다들 고개를 저었다. 처음 겪는 현상인 터라 어떻게 판단해야 할지 모르겠다는 표정들이다.

"우으…… 복잡해요."

노에아넨은 머리를 붙잡았다. 아무리 생각해도 재현의 현 상황을 이해할 수 없는 까닭이다.

지금껏 계약한 계약자들 중 이런 현상을 보인 사람은 없었다.

생명이 끊기기 직전 정령에게 마지막 말을 전하기 위해 짧게 텔레파시를 보내는 경우는 왕왕 있지만, 의식이 없는 상태로 텔레파시를 보낸 사람은 재현이 유일했다.

샐레아나가 말을 보탰다.

"이미 재현이는 우리의 이해 범주를 넘어서고 있긴 하지만. 이건 정말 불가사의한 일이야."

다들 공감하듯 고개를 주억였다. 샐레아나의 말대로였다. 재현은 정말 자신들이 이해할 수 있는 범주를 넘어선 지 오래다.

"다크니아스가 빨리 조사를 끝내고 와 줬으면 좋겠는데 말이야."

계약자의 소환 없이 자신의 힘으로 모습을 유지할 수 있는 다크니아스가 재현이 사는 세상으로 갔다.

정령들은 계약하면 계약자가 위험하거나 소환하지 않는 이상 나갈 수 없다.

다크니아스가 정보를 좀 알아왔으면 하는 마음이 컸다. 직접 조사할 수 없으니 답답한 마음이 컸다.

과연 다크니아스가 언제쯤 알아올 수 있을까. 초조하게 기다리는 것이 답인 것 같았다. 일단 텔레파시를 보낼 수 있으니 재현과 대화하면서 정보를 알아낼 수도 있을 것이다.

지금 당장 재현의 정보라고 해 봤자 숲에 있다, 같은 곳을 맴돌고 있는 것 같다는 말뿐이지만…….

"어휴. 다크니아스가 와야 시작할 수 있겠네."

지금으로서는 도저히 알 길이 없었다. 해답을 얻기 위해서는 다크니아스가 돌아와야 했다. 그리고 호랑이도 제 말하면 온다더니, 다크니아스가 그들의 뒤에 나타났다.

"갔다 왔어."

"고생했어. 생각보다 빨리 왔네. 알아낸 게 있어?"

다크니아스가 고개를 끄덕이며 자신이 보았던 것을 말해 주었다.

"생명의 실과 영혼의 실이 단단히 묶여 있어. 그렇지만 언제까지 버틸 수 있다는 확증은 없어."

"위태로운 건 변하지 않구나."

텔레파시를 보내고 있어 혹시 괜찮지 않을까 생각했지만, 아니었던 모양이다. 육체는 보이는 그대로인 것 같다.

"하지만 영혼의 실이 다른 곳으로 이어져 있었어."

"영혼의 실이 다른 곳으로 이어져 있다니?"

그게 무슨 말이냐는 듯 정령들의 시선이 다크니아스에

게 꽂힌다.

"믿기지 않겠지만, 재현의 영혼의 실은⋯⋯."

그리고 다크니아스가 말하려는 찰나, 정령의 호수 뒤쪽에 있는 정령의 숲에서 갑작스럽게 튀어나온 운디네 때문에 말이 끊겼다.

"큰일 났어요! 큰일!"

운디네가 허겁지겁 달려오며 나이아스의 앞에 섰다. 무엇이 그리 놀랐는지 운디네의 표정은 경악에 가까웠다.

"운디네 무슨 일이야?"

"샐리아나, 큰일이야! 큰일!"

샐리아나의 물음에 큰일이라고만 대답하는 운디네.

참고로 각자 다른 속성의 정령이라면 등급이 달라도 서로 친구처럼 지낼 수 있지만, 같은 속성이면 위계질서가 달라졌다.

상급 정령이면 하급 정령과 중급 정령에게 어느 정도 간섭할 수 있게 된다. 또한 하급 정령들이 곤란한 것이 있으면 들어 줘야 했다.

"무슨 일인데 그래? 진정하고 말해 봐, 운디네."

나이아스가 운디네의 말을 경청했다. 정말 다급한 일인 것 같았다. 정령계에서 다급한 일은 거의 찾지 못한다.

계약자가 있는 정령이라면 계약자 걱정에 발을 동동 구

르지만, 운디네는 누군가와 계약한 정령이 아니었다.

"믿기지 않으실 거예요. 하지만 사실이라는 것을 알아주세요."

운디네의 말에 나이아스가 고개를 갸웃거렸다. 참 별의별 일이 다 있다 싶었다. 다크니아스도 그렇고, 운디네도 그렇고. 믿기지 않는 사실을 얘기하려던 찰나였다니.

"그래, 무슨 일인데 그래?"

마음 같아서는 재현의 얘기부터 듣고 싶었지만, 운디네의 얘기도 중요했다. 나이아스가 얼른 말해 보라는 표정으로 경청하려는 순간, 주변이 고요해졌다는 것을 느낄 수 있었다.

호수 위를 날며 놀고 있던 바람의 정령이나, 호수 인근에서 이야기꽃을 나누던 정령들 모두 시선이 한곳으로 꽂혀 있었다.

자연스럽게 나이아스, 썬더라스, 메타리오스, 노에아넨, 샐레아나의 시선이 정령들이 향한 곳으로 꽂힌다.

그리고 그들의 시선이 향한 그곳에는…….

*　　　*　　　*

아무리 숲이 우거진 곳이라도 반드시 길은 있다. 다만

사람이 잘 다니지 않는 곳인지 길은 거의 보이지 않아 재현이 수풀을 헤치며 길을 만들어야 했다.

"아오, 빌어먹을 숲 같으니라고. 아무리 걷고, 걸어도 똑같은 곳을 걷고 있는 것 같잖아!"

재현이 우거진 숲에 화를 냈다.

그것이 본의 아니게 텔레파시를 통해 정령들에게 향하고 있다는 자각은 없었다. 그에게 지금 당장 중요한 건 이 숲을 빠져나오는 것이니까.

일단 숲을 빠져나오면 최소한 도로는 있겠지 하고 생각했다. 도로가 있다면 그 도로를 타고 이동하면 된다.

그럼 도시가 나올 테고, 그 도시에서 이동하면 된다. 한국의 영토가 큰 것도 아니니 도시에만 가도 금방 집에 갈 수 있다.

"내가 이렇게 멀쩡한데 병원에 누워 있다고? 정령력이 회복되는 순간 소환해서 내가 멀쩡하다는 걸 보여 줘야지."

두 눈으로 직접 보여 주겠다는 의지가 다분했다. 이상하게 정령력이 회복되지 않는 것 같지만, 많이 무리해서 그렇겠지 하고 가볍게 생각할 뿐이다.

그렇게 또 얼마나 시간이 지났을까. 장시간 수풀을 헤친 그는 지금까지 보지 못한 것을 볼 수 있었다.

"계곡이다!"

계곡을 목격한 것이다. 계곡이 얼마나 긴지는 모르지만 재현은 그 순간 계곡을 따라 이동하기로 했다.

"계곡을 따라 이동하면 숲도 금방 벗어날 수 있겠지? 최소한 확실하게 길을 정하고 갈 수 있다는 뜻도 되니까!"

같은 곳을 맴도는 것보다 한곳으로 쭉 가는 게 훨씬 낫다고 판단한 재현. 그렇게 계곡을 따라 걷기를 몇 시간. 그가 호언장담한 대로 우거진 숲을 빠져나올 수 있었다.

"빠져나왔다!"

그는 숲을 빠져나올 수 있었다. 몇 시간을 고생한 끝에 드디어 숲을 빠져나온 것이다. 그리고 숲을 빠져나오자 커다란 호수가 그의 눈앞에 펼쳐졌다.

"우와, 엄청 크다. 확실히 저수지는 아니지?"

저수지와 호수를 비교해 봤자 한눈에 알아볼 수 있다. 그는 눈앞에 펼쳐진 호수를 보고 감탄했다. 실제로 호수를 본 것은 태어나서 이번이 처음이었기 때문이다.

한국에 이런 곳이 있었나 싶어 신기하게 바라보았다. 저렇게 큰 호수라면 유명한 관광지가 되었을 텐데. 자기만 몰랐나 싶었다.

무엇보다 물의 정령들이 많이 있는 것을 보면 수질도 좋다는 뜻이었다. 물의 정령은 수질이 좋은 계곡이나 강에 주로 많이 모이기 때문이다.

가까이 다가가니 수많은 정령들이 보였다.

"오, 물의 정령이 잔뜩 몰려 있네? 운다인보다 좀 더 성장한 모습도 있고. 저건 상급 물의 정령인가?"

바람의 정령들은 호수 위를 날아다니고, 물의 정령들은 땅의 정령들과 놀고 있다.

정령사가 되고서 간혹 다른 정령들을 보긴 했지만 이렇게 많은 수의 정령을 본 것은 이번이 처음이었다.

얼마나 수질이 좋으면 이렇게나 많은 정령들이 모이는 걸까. 재현이 감탄하며 앞으로 나오는데 특정한 정령들과 시선이 마주쳤다.

'신기하네. 쟤네들 내 정령들과 비슷하게 생겼어.'

진화하면 딱 저런 모습이 아닐까 생각할 정도로 닮았다. 정령들은 다 제각각의 모습일 줄 알았는데 닮은 녀석들도 있는 모양이라고 생각했다.

"재, 재현?!"

여섯의 정령들이 재현을 보고 화들짝 놀라며 다가왔다.

하급 정령들은 어딘가로 숨어 버리고, 중급 정령은 이쪽을 주시하고 있었다. 반면 상급 정령 여섯은 그에게 다가왔다.

"뭐야, 내 이름을 어떻게 아는 거야?"

"우리야. 우리들이라고."

재현의 시선이 다크니아스에게로 향했다. 다른 정령들은 몰라도 자신이 계약한 어둠의 정령의 얼굴만큼은 확실했다. 그렇다면…… 다들 중급에서 상급이 되었다는 소리였다.

"어, 어떻게 된 거야?"

나이아스는 당황한 표정으로 그를 위에서 아래로 훑어보았다. 누가 보더라도 재현이었다. 그는 오히려 반문했다.

"그러는 운다인…… 아니, 너는 어떻게 된 거야? 왜 다들 상급 정령이 된 건데?"

상급 정령이면 다르게 불러야 하지만, 그 이름을 모르기 때문에 '너'라고 부르는 재현이었다.

"나이아스야. 어쨌든 지금 중요한 건 그게 아냐. 도대체 네가 왜 여기 있는 거야?"

"나도 모른다고 했잖아. 정신을 차리고 보니 숲이었는걸. 내가 말했잖아. 나 무사하다고."

재현은 의기양양한 표정을 지었다. 이렇게 멀쩡히 살아 있는데 병원에 있다니. 말이 되지 않는 소리였다.

정령들은 마찬가지로 복잡한 표정으로 재현을 바라보았다. 다크니아스는 어떻게 된 건지 짐작하고 있었기에 비교적 담담한 표정이었다.

"그럼 이번에는 내 질문에 대답해 줘. 정령력이 없어서 너희들을 소환하지 못하고 있었는데 어째서 너희들이 이곳에 있는 거야?"

재현도 궁금한 게 많이 있었다. 그러나 정령들은 대답은 커녕 재현을 뚫어지도록 바라보고 있었다.

자기보다 더 놀랍다는 표정이다. 아니, 오히려 재현이 이곳에 있다는 것 자체가 말도 안 된다는 표정이다.

재현은 머리를 긁적이다가 그제야 뭔가 이상하다는 걸 파악했다.

"잠깐. 생각해 보니 이상한데. 서울에 왜 이런 울창한 숲이 있는 거지?"

지금까지 경황이 없어서 생각하지 못한 것인데, 이상한 점이 한둘이 아니었다.

서울에 이런 울창한 숲이 있고, 게다가 호수라니? 아무리 생각해도 매치가 되지 않았다. 인적이 드문 산속으로 들어가도 이런 곳은 찾아볼 수 없다는 생각이 들었다.

재현도 그제야 이상해도 한참 이상해졌다는 걸 깨달았다. 자신이 아는 서울의 모습은 이게 아니다.

도시로 가득하고, 사람들로 북적이는 곳이 서울이다. 그런데 이런 울창한 숲과 거대한 호수라니. 태어나서 그런 얘기는 들어 본 적이 없다.

나이아스는 곧 더욱 믿을 수 없는 얘기를 꺼냈다.

"여, 여기는 정령계야!"

나이아스의 충격적인 발언에 재현의 눈이 휘둥그레졌다.

*   *   *

정령은 육체가 존재하지 않는다. 정령들은 혼의 상태이다. 현계에 소환했을 때의 육체는 계약자의 정령력을 빌려 만든 현상이다.

그 때문에 계약을 하지 않는 정령은 정령사를 제외하고는 볼 수 없고, 계약을 한 정령들은 남들도 볼 수 있는 것이다.

그리고 당연한 얘기지만 정령계는 정령들이 모여 사는 세계를 가리키는 말이다. 정령들에게 세계가 여러 가지가 있다는 말을 들은 적이 있었다.

과학이 발달한 재현이 사는 세계와 마법이 일상적인 세계 외에도 다양하다는 것이다. 정령계도 그중 하나였다.

간혹 차원이 붕괴되어 타인이 다른 세계로 넘어가는 일이 생기긴 하지만, 정령계로 온 이는 지금까지 단 한 명도 없었다고 한다.

재현이 의식을 잃고 쓰러질 때부터 지금까지의 얘기를 정령들에게서 쭉 들을 수 있었다.

"그런데 정령계에 온 인간은 내가 최초라고?"

"혼의 형태지만, 맞아. 지금까지 그 누구도 정령계에 발을 디딘 적이 없어."

초유의 사태라는 것이다.

어째서 이곳에 왔는지에 대해서는 다크니아스에게 차근차근 설명을 들을 수 있었다.

재현의 육체는 병실에 누워 있고, 혼이 정령계로 오게 되었다는 것이다. 생명의 실이라든지, 영혼의 실이라든지.

처음에 그 말을 들었을 때 무슨 소리인지 이해하지 못했지만 차근차근 설명해 준 덕분에 대충 무슨 말인지는 이해했다.

육체와 혼이 연결된 상태이기 때문에 아직까지 육체는 숨을 쉬고 있지만 의식이 없는 상태라는 것이다.

"하지만 장기간 떨어져 있으면 안 된다는 건데……."

까딱 잘못하다가는 영영 혼이 육체로 들어가지 못한다는 것이다. 혹은 아주 희박한 확률로 다른 누군가의 혼이 들어갈 수도 있다고 한다.

그러면 재현은…… 영영 돌아갈 수 없게 된다는 것이다.

"그런데 난 육체가 없는데 왜 배고픔을 느낀 거야?"

피로하거나 하지 않지만 유일하게 느꼈던 것 중 하나는 공복이었다. 숲을 걷다가 열매를 따 먹으며 그 허기를 채

웠지만 그것이 가장 궁금했다.

정령들은 배고픔이라는 것 자체를 모르지만 인간과 계약하면서 대충 이해할 수 있었다.

"아마 육체가 아직 연결되어 있어서 그런 걸 거야. 아니면 우리가 자연의 정기를 흡수하는 것처럼 인간의 본능 때문에 입에 뭔가를 넣은 걸 거야."

"영혼도 뭔가 먹어야 해?"

"음식물은 아냐. 영혼도 형체를 유지할 수단으로 정기를 흡수하거든. 게다가 아직 육체와 연결되어 있으니 영혼의 소멸을 막기 위해 배고픔을 만들면서 혼을 유지할 수단을 찾은 거겠지."

"영혼으로 떠돌아다녀도 본능은 남아 있구나."

재현은 고개를 끄덕였다. 대충 무슨 소리인지는 알았다. 그는 자리에 털썩 앉았다. 이것저것 생각해 보았지만 다시 육체로 돌아갈 방법이 떠오르지 않았다.

"그래서. 어떻게 하면 돌아갈 수 있는 건데?"

다들 서로를 바라보며 고개를 저었다. 그들도 마땅한 방법이 없는 것이다.

이런 초자연적인 현상은 잘 모른다. 초능력이라든가 정령, 마법도 초자연적인 능력이긴 하지만 영혼이 다른 세계로 가는 건 처음 겪는 일이다.

초능력자 중에 '소울 스토커(Soul Stoker)'라는 능력이
있다.

영혼과 육체를 따로 분리해서 더 넓은 시야를 가지고 정
찰 혹은 특정인을 추적하는 능력이다. 하지만 지금은 그것
과 전혀 다른 문제였다.

재현은 그런 초능력이 있는 것도 아니고, 이런 경험은
난생처음이다.

무엇보다 소울 스토커 능력을 가지고 있는 능력자들이
다른 세계로 영혼이 빨려 갔다는 얘기는 들은 적이 없었다.

"재현의 영혼을 누군가가 의도적으로 부른 것만큼은 분
명해."

"그럼 그가 누군지만 알면 된다는 거네?"

"찾아내기만 하면 돌아갈 방법도 있다는 소리지."

다크니아스도 누군가가 의도적으로 그의 영혼을 이곳으
로 불러들인 것이라고 하고 있지만 구체적으로 누가 그런
것인지 몰랐다.

"그렇구나. 근데 누가 부른 걸까?"

재현은 남의 얘기를 하는 것처럼 말하더니 자리에 앉았
다. 생각보다 별로 놀랍지 않았다.

"현실감이 동떨어져 있어서 그런가? 이 정도면 패닉 상
태에 빠져도 이상하지 않은데 말이야. 왜 난 아무렇지도

않지?"

믿기지 않지만 사실이다. 분명 누구나 이 상황에 직면하면 백이면 백 패닉 상태에 빠져 절규해야 정상이다. 그러나 재현은 아무렇지 않았다. 꿈은 확실히 아니었다.

꿈을 꾸게 되면 정말 말도 안 되는 상황도 그냥 넘어가는데, 이곳에서는 분명 판단을 제대로 하고 있었다.

이미 현실은 인지한 시점부터 꿈인지 현실인지 정도는 금방 파악할 수 있었다. 믿기지 않는 현실이라는 건 여전하긴 하지만 말이다.

"생각보다 여유롭네?"

"나를 불렀다면 언젠가 내 앞에 나타나겠지. 용무가 있어서 날 이곳에 불러들인 것일 거 아냐."

"……"

다크니아스는 고개를 끄덕였다. 그의 말이 맞았다. 아무 이유도 없이 인간의 혼을 정령계로 불러들일 이유가 없기 때문이다.

이건 분명 엄청난 일이다. 정령도 아니고, 인간을 정령계로 불러들인다는 건 지금껏 유례가 없는 일이기 때문이다.

'생각해 보니 재현은 지금까지 계속 유례가 없는 일을 만들어 내고 있었지.'

그의 존재 자체가 이레귤러나 다름이 없었다.

마법이 발달한 다른 세계에서도 재현 같은 사람이 없었다.

"그러고 보니 스승님의 실라이론은?"

가만히 기다리자니 심심하니 현주의 실라이론을 만나서 얘기해 보고 싶었다.

실라이론이 있으면 현주에 대해서 얘기를 들을 수 있을 것이다. 하지만 실라이론은 이곳에 없었다.

"현재 네 스승님 곁에 머물고 있어. 죄책감을 크게 갖고 있는 것 같아."

잠시 재현의 곁으로 갔던 다크니아스가 알려 주었다. 재현은 그 얘기를 듣고 그럴 수 있겠다는 생각을 했다.

"확실히…… 내가 위독한 상태라면 그럴 만도 하겠지. 솔직히 그때 무서웠지만, 지금은 아무렇지도 않은데 말이지."

거의 떠밀듯 넘긴 것이라 분명 자책하고 있을 것이 분명하다. 그 당시에는 어쩔 수 없는 상황이니 지푸라기라도 잡고 싶은 심정이었다는 걸 이해하고 있기에 누구를 원망하거나 하지 않았다.

그때 초대형 몬스터를 잡기 위해서는 무슨 수단이라도 다 동원해야 했으니까. 그러나 그 모든 것을 현주가 주도했다. 설마 이렇게까지 되리라고 본인조차 몰랐을 것이다. 재현도 몰랐고 말이다.

정령들은 서로를 바라보았다. 재현에게 죽음이 선고되면 현주가 자살까지 생각하고 있다는 건 말하지 않기로 서로 약속했다.

재현이 들어서 좋을 게 없을 것이기 때문이다. 만약 이를 들으면 어떻게 나올지 모르기 때문이다.

지금 이성을 유지하고 있는데 그 얘기를 들으면…… 이성을 잃고 날뛸지도 몰랐다.

이곳에서 정령력을 사용하지 못하는 것 같지만 그래도 재현의 영혼 자체가 부정적인 감정을 느껴서 좋을 게 없었다.

안 그래도 어둠의 기운 때문에 고생하고 있는 마당이다.

사념으로 가득해진 영혼이 육체로 돌아갔을 때 어떤 영향을 끼칠지 장담하지 못하기 때문에 무엇이든 조심해야 했다.

육체에 상처가 나면 시간이 흐르면 자연스럽게 낫지만, 영혼에 상처가 나면 치유하기가 거의 불가능하기 때문이다. 작은 것이라도 육체에는 큰 영향을 줄 수 있기에 조심, 또 조심하기로 했다.

"그나저나 정령들은 아직도 나와 거리를 벌리네?"

"인간의 혼이 왔으니 당연한 반응일 거야. 무엇보다 영혼인 상태로는 정령력이 느껴지지 않으니까."

"그런가?"

재현은 머리를 긁적였다. 평소 지내면서는 정령들이 오히려 친근하게 다가왔는데 이렇게 거리를 벌리니 조금 아쉬웠다. 다양한 정령들을 바라보며 멍하니 호수를 바라보고 있는 그 순간이었다.

　—정령의 호수에 온 것인가? 미안하구나. 내가 너무 늦었다.

큰 목소리가 주위에 메아리치는 것과 함께 잔잔한 호수에서 갑자기 거대한 파도가 일어나기 시작했다.

갑자기 파도치는 호수. 땅이 흔들리고, 순식간에 숲까지 물이 범람했다.

"으악! 파, 파도다!"

영혼의 상태에서 정령화든 뭐든 하지 못하는 재현이기에 파도에 휩쓸리려는 것을 나이아스가 잡아 주었다. 다른 정령들은 다들 허공을 날아서 파도를 피했다. 재현은 안도의 한숨을 내쉬었다.

"하마터면 홀딱 젖을 뻔했네. 고마워, 운다인. 아니, 나이아스."

"......"

그가 기억하는 상태의 옷차림이다. 절대 옷이 젖을 리는 없지만 그것을 모르는 모양이다. 정령들은 다 아는 사실이지만, 재현은 전혀 모르고 있다. 모르는 것도 무리가 아니라고 생각하며 나이아스는 그저 미소를 지을 뿐이다. 하지만 그 미소도 곧 지워졌다.

"네가 재현이구나."

호수에 갑자기 거대한 존재가 나타났다. 50미터는 족히 넘을 덩치. 어마어마한 크기에 재현의 입이 다물어지지 못했다.

"……범고래?"

직접 보지는 못했지만, TV나 책으로 범고래의 모습을 아는 재현이다.

인터넷이나 책을 보다가 우연히 본 것에 지나지 않지만 범고래의 모습과 거의 흡사했다. 거기다 실제로 보면 저 정도 크기가 아닐까 하는 생각이 들었다.

"범고래? 범고래라……."

재현의 눈이 휘둥그레졌다.

"고래가 말을 한다!"

고래가 말을 하자 손가락으로 가리키며 신기하다는 듯 바라보는 재현. 지능이 있다는 코볼트, 고블린, 오크조차 말하지 못하는데 고래가 말을 하니 신기할 수밖에 없었다.

"나이아스. 저거 봐 봐. 고래가 말을 하고 있어!"

나이아스가 깜짝 놀라며 그를 말렸다.

"재, 재현아…… 그만……."

그제야 나이아스의 행동이 이상하다는 걸 눈치챘다.

"응? 나이아스. 왜 무릎 꿇고 있어?"

나이아스뿐만이 아니었다. 물의 정령, 불의 정령 할 것 없이 모든 정령들이 거대한 존재 앞에 한쪽 무릎을 꿇고 있었다.

지금 이 순간 당당히 서 있는 것은 재현이 유일했다. 다들 왜 저러지? 이런 생각을 하고 있는데 범고래가 다시 말했다.

"후후, 재밌는 아이구나. 나를 그렇게 말하는 아이는 처음 봤다."

"누구세요?"

그제야 범고래가 심상치 않은 존재라는 것을 안 재현. 어쩐지 다른 정령들처럼 무릎을 꿇어야 될 것 같았다. 그러나 누군지도 모르는 데다, 인제 와서 무릎을 꿇기도 애매했다.

"내 소개가 늦었구나. 그러고 보니 나는 너를 알지만, 너는 나를 모르는구나?"

재현은 고개를 끄덕였다. 범고래의 모습이 바뀌었다. 거대한 체구가 점점 인간의 모습으로 바뀌어 갔다. 그리고 곧 인간의 모습으로 바뀌었다.

'자, 잘생겼네.'

그것도 남성형이었다. 남자가 봐도 잘생겼다고 느꼈다. 연예인들은 아무것도 아니라고 느낄 정도로 완벽한 얼굴이었다.

그렇게 뚫어지도록 바라보고 있는데, 그가 미소를 지으며 자신을 소개했다.

"반갑구나. 나는 물의 정령왕, '엘라임'이라고 한다."

〈다음 권에 계속〉

DREAMBOOKS★